n

위수정

fin

위수정

소설

PIN
056

차례

1	9
2	57
3	95
*	139
작품해설	144
작가의 말	168

PIN
056

fin

위수정

1

그래, 기억나. 난 사랑에 빠졌고 한동안은 행복했지. 꿈같았어.

기옥의 대사를 끝으로 천천히 무대의 조명이 꺼졌다. 암전. 막이 내렸다. 연극 「밤으로의 긴 여로」 마지막 공연이 끝났다. 환호성과 박수 소리가 극장을 가득 메웠다. 잠시 후 배우들의 커튼콜이 시작되었다. 기옥은 무대 뒤에서 관객들의 환호를 들으며 숨을 크게 내쉬었다. 마지막 인사를 하기 위해 조연부터 차례로 다시 무대로 향했고 무대 뒤에는 기옥과 태인만이 남았다. 태인이 기옥을 바라보며 말했다. 드디어 시작이네. 태인은 성큼성큼 무대 위로 걸어 들어갔다. 태인의 등장과 동시에 환호성과 박수는 더 커졌다. 이제 기옥의 차례였다. 이 극의 주인공. 메리, 최기옥. 스캔들을 딛고 재기에 성공한 중년의 배우. 8년 만의 연극 공연. 메리는 역시 최기옥. 개인적 아픔을 승화시켜 더욱 성숙해진 연기를 선보인 최기옥. 기옥은 어둠 속에서 그동안 자신에게 달린 기사들을 떠올렸다. 무대의 안과 밖은 불과 몇 발자국 차이. 극과 극. 빛과 어둠의 인위적인 경계. 어쨌든 지금은 빛으로 나가야 한다. 무대 위의 배우들은 환한 표정으로 관객들을 향해 더없이 만족스러운 표정을 짓고 있을 것이다. 메리가 왜 나오지 않지, 생각하며 은근한 불안을 밝은 미소로 완벽하게 감추고. 그것이 배우들의 임무. 이대로 시간이 흐르면 관객들은 조금씩 의아해지기 시작할 것이다. 기옥은 좀 더 기다리기로 했다. 손에서 땀이 배어 나왔다. 조금만 더. 몇 초만 더. 숨을 멈춘 채 10부터 카운트다운하기. 기옥은 사람들의 초조함이 자신에게 전달되어 오는 순간을 느꼈다. 스태프가 다가왔고 기옥은 천천히 무대로 걸어 나갔다. 어둠에서 빛으로. 그 짧은 순간 기옥의 머릿속에, 이제는 어디에 있는지조차 모르는 M의 얼굴이 떠올랐다. 기옥은 조명이 피부에 닿는 것을 느꼈다. 터져 나오는 함성. 그 빛과 소리에 기옥은 금방 M을 잊었다. 대신 얼굴에 미소가 차올랐다. 그 순간만큼은 연기할 필요가 없었다. 커튼콜을 하는 동안은 기옥이자 메리였으며, 동시에 그것은 둘 중 누구도 아니었다.

박수와 환호를 음미하던 기옥은 좀 전에 태인이 했던 말이 떠올랐다. 드디어 시작이네. 기옥은 고개를 틀어 태인을 바라보았다. 태인이 기옥의 손을 잡았다. 기옥은 축축한 땀이 배어 있는 그 손을 뿌리치고 싶었다.

둘은 손을 잡은 채 한 걸음 앞으로 나가 우아한 몸짓으로 고개를 숙였다. 기옥은 주인공이었고, 그것을 즐길 줄 아는 배우의 역할에 몰입하려 했다. 그러나 기옥은 이미 실패하고 있었다. 이게 시작일까? 무엇의? 이 환호는, 이 커튼콜은, 금방 끝날 텐데. 막이 내릴 텐데. 이것은 시작이 아니라 끝일 텐데. 하지만 사람들이 알아차리지 못한다면 상관없다. 기옥의 눈에 눈물이 차올랐다. 기옥은 자연스레 눈가를 훔쳤다. 다들 기옥이 감격에 겨워 우는 줄 알 것이다. 그러면 되었다고 기옥은 생각했다.

한 달 간의 공연을 마무리하는 긴 커튼콜이 끝났고 무대는 점점 어두워졌다. 다시 암전. 몇 초 후면 조명이 또 켜질 것이다. 그때 무대는 텅 비어 있어야 했다. 그것이 연극의 끝. 성공적인 마무리. 빈 무대를 보며 관객들은 극장을 빠져나갈 것이다. 오늘 공연 어땠어? 2막에서 제이미가 대사를 씹더라. 우태인의 제임스도 괜찮았지? 술 취한 건 연기 같지 않더라. (일동 웃음) 그러게. 진짜 한잔한 거 같기도? 그나저나 메리는 역시 최기옥이야. (의아한 얼굴로) 에이, 최기옥 전성기는 지났지. 젊었을 땐 진짜 예뻤는데. 이젠 나이 든 티가 확 나. 그러니까 메리 역에 찰떡이지. (속삭이듯) 근데, 최기옥 진짜 약쟁이 같지 않아? 뭔가 불길하지 않아? 역시 좀…… 그렇지 않아? 기옥은 돌아가는 관객들이 나누는 대화를 상상해보았다. 여기에서 꽈당, 넘어진다면. 미처 일어나기도 전에 조명이 켜진다면. 마침, 넘어진 바닥에 못이 튀어나와 있는 거지. 거기에 이마를 정통으로 박아서 피가 주루룩. 무대 위에 누운 나는 다시는 일어나지 못한다. 머리에서 흐르는 피로 웅덩이가 생기고, 관객들은 패닉에 빠져 비명을 지르고. 환호와 비명은 다른 거구나 생각하며 피 냄새를 맡으며 점점 정신이 흐려지고. 무대 위에서 죽고 싶었어요, 이렇게는 아니었지만, 이라고 말할 힘도 없이. 블랙코미디 같은 장면으로 끊임없이 회자될 나의 죽음. 기옥은 공연을 마무리하는 소중한 순간조차 자신이 이런 망상에 빠져 있을 줄 몰랐다. 기옥은 홀로 짧은 희곡을 완성한 후 망상 속에서 자신의 육체가 만든 피 웅덩이를 응시했다. 그때 누군가가 자신의 팔을 끌었고, 기옥은 흠칫했으나 조심스레 발을 움직여 무대를 빠져나왔다.

　기옥은 연영과를 졸업한 후 연극판에서 경력을 쌓은 케이스였다. 기옥은 학과 선배이자 사실혼 관계였던 연인 M과 함께 연극 단원 생활을 꽤 오래 했다. 2000년대 초반, 영화계에서는 본격적으로 연극배우들을 주목하기 시작했다. 연극 무대에서 커리어를 쌓은 배우들이 영화판으로 옮겨가 톱

스타가 되기도 했다. 기옥도 열심히 오디션을 보러 다녔다. 몇 번 캐스팅이 되기도 했으나 중간에 촬영이 엎어지거나 상영되지 못하는 일이 다반사였다. 그래도 일단 얼굴을 알리자고 M은 기옥을 북돋웠다. 최기옥이라는 배우가 있다는 것을 가능한한 많은 이들에게 알려보자. 대배우들도 처음에는 다 그랬다고. 떨어지는 건 기본 값이다. 오디션은 그저 밥을 먹듯이 당연하게 보러 가는 것. 긴 시간이 흐른 후 기옥은 종종 그 시절을 떠올렸다. 한밤중에 M이 끓여주던 라면을 먹으며 위로받았던 기억. 그때를 떠올리며 가끔 라면을 끓여보지만 그때의 맛은 아니었다.

　기옥은 전체적으로 선이 가는 동양적 외모로 사람들의 시선을 끌었다. 쌍꺼풀 없는 길게 찢어진 눈과 작지만 도톰한 입술이 청순하면서도 관능적으로 보였다. 그 점을 눈여겨본 영화감독이 기옥을 자신의 영화에 캐스팅했다. 주인공 남자의 오른팔이자 정부로, 노출이 있는 역할이었다. 그것을 시작으로 기옥은 신스틸러로 대중에게 이름을 알렸다. 주인공의 첫사랑부터 잔혹한 킬러, 화류

계의 마담, 조선시대 왕의 어머니 등. 그 후로 몇 년간은 꿈같은 시간을 보냈다. 이게 정말 되는구나 싶은 나날들이었다. 새로운 시나리오가 끊이지 않고 들어왔다. 그때는 M과의 사이도 좋았다. 아니, 사이가 좋지 않았던 기억은 없다. 다만 그 시절 M은 여행을 전보다 자주 떠났다. 원래 여행을 좋아해 둘은 종종 함께 훌쩍 떠나곤 했는데 기옥이 바빠진 후로는 혼자 다녔다. 그는 그런 게 필요한 사람이었고, 기옥은 그러려니 했다. 언제나, 틀림없이, 돌아오는 사람이었기에, 괜찮았다.

기옥이 주조연급 배우로 자리 잡는 데엔 오랜 시간이 걸리지 않았다. 삶에 가속도가 붙은 느낌이랄까. 소속사와 매니저가 생겼고, 기옥의 컨디션을 걱정해주는 이들이 늘었다. 집과 차가 몇 번 바뀌었다. 풀어보지 않은 선물 꾸러미가 자주 현관을 차지했다. 연기파 배우 최기옥. 늦은 나이에 빛을 본 배우. 최기옥 노출, 최기옥 가슴, 최기옥 베드신 같은 검색어는 그 당시 기옥에게 큰 타격을 주지 못했다. 그렇다고 생각했다. 머지않아 원탑 주연을 맡을 수도 있겠다 싶었다. 주위에서 그렇게 말했고 기옥도 기대했다. 조금만 더. 조금만. 하지만 꿈같은 시간은 언젠가 깨기 마련인 것일까. 보드라운 꿈처럼, 잔잔하고 맑은 물결처럼 마무리 되는 삶은 없는 것일까. 아니, 기옥은 그렇게 긴 꿈을 원하지도 않았다. 하지만 백일몽처럼 반짝, 하고 깨어버리는 생이라니. 그건 누구의 잘못이었을까. 기옥은 되새기고 또 되새겼다. 연인이 돌아오지 않는 이유에 대해. 걱정하는 걸 뻔히 알고 있을 텐데도 연락하지 않은 그의 마음에 대해. 기옥은 자신을 갉아먹는, 답 없이 반복되는 질문들을 멈추지 못했다. 불안과 불면의 시간들을 보낸 후 실종 신고를 했다. 신고 접수 다음 날 놀랍게도 M에게 이메일이 도착했다. 메일 제목은, 여기가 어디게.

그는 매끈한 얼굴로 활짝 웃고 있는 사진을 함께 보내왔다. 기옥아, 나는 이제야 무의미의 지옥에서 벗어난 거 같아. 언젠가 서울에 가면 연락할게. 아, 그리고 미안한데 송금을 좀 해줄 수 있을까? 기옥은 안도와 함께 분노가 솟아올랐다. 그 후로도 몇 번의 연락을 주고받았고 그에게 새로운

연인이 생겼다는 사실을 알아내었다. 아이가 생겼다고 했다. 결혼을 할 거라고. 기옥에게는 아이 같은 건 필요 없다고 했던 그였다. 기옥은 낙태를 한 적도 있는데, 당시 그는 기옥만으로도 충분하다며 결혼 같은 제도에 얽매이지 말자고 했다. 자신은 전통적인 가족 형태에 맞는 사람이 아니라고. 우리한테 그런 게 필요해? 그는 자신만만해 보였고, 기옥은 그런 그가 좋았다. 그런데, 갑자기? 무의미에서 벗어난 게 결혼이라고? 아이라고?

배우는 이미지가 전부야. 아마추어야? M과의 이별 후에도 오랜 시간 별 탈 없이 승승장구했던 기옥에게 스캔들과 프로포폴 이슈가 연이어 터졌을 때 회사 대표가 전에 없이 차가운 얼굴로 말했다. 끝날 기약 없는 몇 년 간의 휴식기를 보내던 중 연락이 왔다. 최근 몇 년 간 연극계에서 주목받는 젊은 연출가였다. 연출은 자신을 기옥의 학교 후배라고 소개했다. 선배님 팬이었어요. 기옥은 그가 과거형으로 말하는 것이 걸렸지만 내색하지 않았다. 선배님이 하셨던 메리, 저 기억하거든요. 그 말을 들었을 때에는 와, 그걸 기억하다니, 그때가 언젠데. 고마워요. 기옥은 최대한 호들갑 떨지 않고 의연하게, 천천히 말하기 위해 애썼다. 한 손으로 까칠한 얼굴을 쓸어내리며, 전화라서 다행이라고 생각했다. 처음 메리 역할을 맡았을 때가 30대 후반이었는데 이제 기옥은 메리의 나이와 비슷해졌다. 정말 50대가 되었다. 정확히 말하면 쉰여섯하고 7개월.

유진 오닐 타계 70주년 기념으로 올리는 공연이라 연극으로는 드물게 제작 발표회까지 열렸다. 스타 배우들이 출연한 것도 한몫했다. 남편 제임스 역을 맡은 우태인 역시 연극으로 시작해 텔레비전 드라마와 영화에 진출한 배우였다. 둘째 아들 에드먼드 역은 아이돌 출신의 어린 배우가 맡았다. 에드먼드의 팬덤만으로도 공연 전회 매진은 당연하게 예견할 수 있었고, 그것은 현실이 되었다.

마지막 공연을 마친 후 배우들은 예정대로 뒤풀이 장소로 향했다. 9월이었으나 여전히 후텁지근한 날들이 이어지고 있었다. 지구가 망하려나. 식당으로 향하는 차 안에서 에어컨 바람을 맞으며 기옥이 말했다. 윤주는 핸들을 꺾으며 한숨을 내쉬었다. 차라리 그럼 좋겠어요.

  젊은 애가 왜 맨날.

  어차피 금방은 안 망한대요.

  그렇대?

  그렇대요. 대멸종기? 그런 거래요.

  대멸종기. 말이 너무 무섭다. 그래서 언제 망한다는데?

  오래 걸린대요. 우리는 글렀어요. 근데 재밌는 건.

  윤주가 말을 끊었고 기옥은 윤주를 바라보았다. 이것이 윤주의 말버릇이라는 걸 알면서도 기옥은 매번 궁금한 얼굴로 바라보게 되었다.

  재밌는 건?

  인류가 먼저 멸종되면 지구 멸망은 늦춰진대요.

  그거 말 되네. 근데 넌 인류가 멸종돼서 지구가 살아남았으면 좋겠어?

  인류가 사라졌는데 그 뒤는 알 게 뭐예요.

  그래, 네 말이 맞다.

  기옥은 웃었다. 윤주는 왜 멸망을 바라는 걸까. 아직 젊고 생생한데. 기옥은 윤주의 단정한 옆모습을 보며 생각했다. 우리는 글렀어요. 윤주가 한 말이 기옥의 머릿속에 머물렀다. 우리는 글렀어요. 그러니까, 이렇게 계속 막이 내리고, 밤이 오고, 악몽을 꾸며, 사람을 만나고, 박수 치고, 안부를 묻고, 상처를 주고받으며, 병들고, 앓다가, 그렇게 쇠락하는 걸 지켜봐야 한다는 거겠지. 그런 생각을 하자 피로감이 밀려왔다. 무대 위에 서 있던 때가 불과 한 시간 전이라니. 기옥은 자신의 손을 내려다보았다. 한 손으로 다른 손등을 문질렀다. 피부의 촉감을 느끼면서도 마음은 자꾸 멀어졌다. 또 낯설어지는군. 이 낯섦은 이제 익숙했다. 하지만 익숙해져도 여전히 낯선 감각이었다. 기옥은 작게 읊조렸다. 이거야말로 지옥이네. 식당 근처에서 차가 막히기 시작했다. 어디선가 신경질적인 경적이 울렸다. 글렀네, 글렀어. 기옥이 말했고 이번에는 윤주가 웃었다. 우리는 왜 종교도 없을까? 기옥의 물음에 윤주의 웃음이 잦아들었다.

식당에는 스태프와 배우들이 모여 있었다. 꽃다발과 축하 인사가 오갔다. 케이크 위의 촛불을 끄고 박수를 쳤다. 불판 위에 고기가 올라갔고 술잔이 돌았다. 아 맞다, 기옥 선배님 채식하시죠. 누군가 말했고, 기옥은 웃으며 고개를 저었다. 선생님 플렉시테리언이잖아. 플렉시테리언이 뭐냐고 묻는 누군가의 목소리가 들렸다. 기옥은 손사래를 쳤다. 아니야, 그런 거. 그냥 적당히 먹겠다는 거지, 뭐.

그게 그거죠. 누군가가 웃으며 말했다. 기옥에겐 플렉시테리언이라는 말이 왠지 부정적으로 들렸다. 굳이 채식주의자로 보이고 싶어 하는 이들의 자기만족 같달까. 올바른 정치적 스탠스 같달까. 하지만 뭐 그럼 어때. 그런 태도 자체가 중요한 거지. 기옥은 금방 자신을 설득했다. 다들 나처럼 적게만 먹어도 지구 멸망은……. 기옥은 좀 전에 윤주와 나누었던 대화를 떠올리며 불판에서 잘 구워진 소고기 한 점을 집어 입에 넣었다. 고기는 고소한 향을 남기고 부드럽게 넘어갔다. 오늘은 한없이 먹을 수 있겠는데, 생각했으나 남들이 보고 있었다.

떠들썩한 식사가 끝난 후 자리를 옮겼다. 이미 취한 이들도 있었다. 우태인도 그 중 하나였다. 기옥을 비롯한 몇몇은 태인을 주시하고 있었다. 태인은 술버릇이 좋지 않았다. 평소에는 더없이 예의 바르고 수줍어하며 낯을 가리는 타입으로 말도 쉽게 놓지 않았다. 진짜 미친놈들의 특징이지. 그렇게 말했던 사람은 M이었다. 기옥은 헤어진 지 10년도 훌쩍 넘은 그를 종종 떠올렸다. 함께 살았기 때문이라고 생각했다. 생활을 함께 했기 때문에.

 기옥 커플과 태인은 친분이 있었다. 같은 학교 출신은 아니었지만 M과 태인이 나이가 같았고 연극 작업도 여러 번 함께 했다. 술자리에서 태인의 아내와도 몇 번 만난 적이 있었다. 태인의 처가가 유명 중식당을 운영하는 재력가라는 사실은 연극판에서 모르는 이가 없었다. 태인의 아내를 떠올리면 밝은 레드 립스틱을 바른 얇은 입술과 그와 대비되어 더 창백해 보이는 피부, 대체로 무표정하다 어느 순간 터지던 웃음소리가 기억났다. 기옥은 그들과 친해질 수는 없겠다고 생각했다. 뭔가 핀트가 안 맞아, 그렇지? 기옥의 말에 M은, 그들도 똑같이 생각하겠지, 하며 피식 웃었다. 그때 기옥은 M이 이상하다고 생각하지는 않았다. 그런데 지금 기옥은, 누가 이상한 건지 나도 모르겠네, 하며 혼잣말을 종종 했다. 기옥이 혼잣말을 하면, 윤주가, 네? 하고 물었다. 그제야 기옥은 자신이 혼잣말을 했다는 사실을 깨닫고 나 이상한 거 같지? 되물으면 윤주는 사람은 다 이상하죠, 했다. 선생님이 뭐가 이상해요. 이상한 건 세상이지, 라는 말을 기대했지만 윤주는 기옥이 원하는 답을 쉽게 해주지 않았다. 그 점이 얄밉기도 했지만 그래서 신뢰가 가기도 했다.

술자리는 3차로 이어졌고, 마지막까지 남은 이들은 모두 어느 정도 취해 있었다. 작고 아담한 와인 바에 모여 앉은 이들은 배우와 연출, 그리고 스태프 한둘이 다였다. 태인이 와인리스트를 죽 훑어본 후 종업원에게 이게 전부냐고 묻고는 와인 몇 병을 주문했다. 종업원이 떠나자 태인은 리스트가 좀 후지네, 하며 재미있는 농담이라는 듯 사람들을 향해 웃었다. 기옥도 태인을 보며 은은한 미소를 지었다. 태인이 반말을 한다는 건 취했다는 신호였다. 이제 진짜 시작인 건가.

태인은 기옥의 잔이 비지 않도록 계속해서 술을 따랐고 기옥은 취기가 올랐다. 거울을 보지 않아도 귓불과 목덜미가 붉게 달아올라 있음을 알 수 있었다. 은근한 두통이 느껴졌다. 긴장이 풀린 데다 섞어 마신 때문이었다. 그래도 내일은 간만에 아무 계획 없이 쉴 수 있겠다. 막공이 끝난 뒤의 휴식은 더없이 달콤하지. 따뜻한 나라로 여행을 가볼까. 휴대폰을 꺼놓고 따뜻하고 보드라운 모래사장을 천천히 거니는 거지. 그러다 M과 그의 아내를 우연히 만나는 거야. 오! 이 아이가 당신의 아이구나! 못생겼네? 기옥은 사람들의 대화를 경청하는 척, 적절한 리액션을 취하며 머리로는 홀로 먼 곳을 배회하다 웃음을 흘렸다. 그런데 우리 메리는 좀 취했나봐? 태인의 목소리가 메리를 소환했다. 네? 기옥은 눈썹을 살짝 들어 올리고 태인을 바라보았다. 태인은 흐트러져 있었다. 사람을 흐트러져 보이게 하는 건 뭘까. 눈빛인가? 입매인가? 아니면 힘이 빠진 어깨인가? 평소와 조금씩 어긋나 있는 각도인가. 메리, 제발 부탁인데 과거는 잊어요! 태인이 목소리에 힘을 실어 제임스의 대사를 쳤다.

왜요? 어떻게 그럴 수 있어요? 과거는 바로 현

재예요. 안 그래요? 미래이기도 하죠.

기옥의 입에서 메리의 대사가 반사적으로 흘러나왔다. 어머니. 어머니에겐 잊는 게 약이 아니에요. 기억해야만 해요. 그래야 항상 조심하죠. 에드먼드가 자리에서 일어나 과장된 어조로 메리에게 말했다. 사람들은 셋의 즉흥 연기에 환호와 박수를 보냈다. 기옥은 흐뭇한 표정으로 웃어 보였다. 이 사람들은 지치지도 않네, 생각하며.

기옥은 태인의 주사를 알고 있었다. 태인은 만취하면 한 명에게 꽂혔다. 어린 여자 스태프인 경우도 있었고, 선배 배우이거나, 때로는 술집 주인, 종업원일 수도 있었다. 그것은 추근거림이나 비아냥의 형태로, 또는 짓궂은 농담이나 지나친 칭찬 세례일 때도 있었다. 그게 무엇이든 상대는 달가울 리 없었다. 태인의 술버릇이 좋지 않다는 소문은 이미 업계에서는 잘 알려진 얘기였지만 대중에게는 루머 정도로 취급되었다. 다행히 최근에는 잠잠한 편이었는데 소속사에서 신경을 쓴 것 같았다. 간혹 우태인이 취해서 저지른 실수에 대한 목격담이 인터넷에 올라왔지만 음성 녹음이라든가 문자 메시지 같은 증거는 없었다. 그런 게 한번 뜨면 배우에게는 특히 치명적이다. 기옥은 술자리의 동료들을 둘러보았다. 캡 모자를 눌러쓴 젊은 스태프들. 말을 걸면 무해한 표정으로 예의를 갖추어 답하는 애들. 아무것도 모른다는 듯 어리숙하게 말하는 것들. 하지만 정작 인터넷에 과장된 글을 올리고 저급한 욕설을 써대는 부류는 저런 애들이다. 정의로 무장한 채 세상 부당함을 고발하겠다는 듯한 격렬한 어조로, 잘 알지도 못하는 사람들의 본모습을 다 안다는 듯, 확신에 차 평가질을 해댄다. 그러니 평소에도 조심해야 한다. 사소한 언행으로 한순간 골로 갈 수 있다는 것을 기옥은 잘 알고 있었다. 그런데 그날 태인은 고삐를 놓아버렸다. 태인이 꽂힌 상대는 운이 없게도, 기옥이었다. 기옥은 태인의 시선이 자신에게 향하는 것을 느끼고 있었지만 모른 척 휴대폰을 꺼내 들었다. 자정이 넘어 있었다. 윤주를 부르기엔 늦은 시간이었다. 우리 메리는 요즘 연애 안 하나? 태인의 붉고 축축한 눈알이 기옥을 응시하고 있었다. 기옥의 스캔들은 여기 있는 모든 이들이 알고 있었지만 그 누구도 그것에 대해 언급하지 않았다. 예의를 지키려는 거겠으나 모두가 무언가 억지로 감추고 있는 것처럼 보였다. 태인의 도발에 사람들은 괜히 딴짓을 하거나 멋쩍은 웃음을 지으며 침묵했다. 주위 공기가 불편하게 쪼그라들고 있었다. 기옥은 태인의 의도를 정확하게 알고 있었다. 그래서 오히려 더 덤덤해졌다. 기옥은 포커페이스를 유지했다. 그건 기옥에게 특별히 어려운 일은 아니었다. 나는 배우니까. 기옥은 곤란한 일을 겪을 때마다 속으로 되뇌었다. 그리고 상황을 재설정했다. 그러면 답이 나왔다. 진실인지 아닌지는 중요하지 않았다. 연애는 무슨. 기옥은 가장 무난한 답을 골라 은근슬쩍 넘어가는 쪽을 택했다. 아니 왜, 연기는 쉬워도 연애는 해야지. 남자가 있어야잖아. 아닌가? 꼭 남자일 필요는 없나? 태인의 눈에 조롱 섞인 웃음기가 돌았다. 그리고 집요해 보이는 입매. 기옥은 좀 더 안쪽으로 자신을 밀어 넣었다. 가면을 쓰는 것에서 한 발짝 더 들어가면 가면을 바라보게 된다는 것을 기옥은 알고 있었다. 기옥은 조용히 잔을 들어 와인 한 모금을 마신 후 천천히 잔을 내려놓았다. 사람들의 이목이 느껴졌고, 기옥은 자신을 무대 위로 올렸다. 해요.

  사람들이 기옥의 말에 집중했다. 해요, 연애. 당연히 하죠. 일순 실내의 공기가 팽팽해졌다. 그 순간에도 기옥은 자신의 상태를 빠르게 점검했다. 표정과 태도, 목소리 톤. 얼굴이 붉어져 있는 게 조금 걸렸다. 근데 오늘 헤어졌어요. 사람들의 차가운 침묵. 우리 조금 전에 헤어졌잖아. 기옥이 차분한 목소리로 태인에게 말했다. 태인은 순간 어리둥절한 얼굴로 기옥을 바라보았다. 제임스, 우리 이제 끝이네요. 자, 기념으로 브라보. 기옥은 대사를 내뱉고 잔을 들어 올렸다. 그리고 속으로 숫자를 세었다. 하나, 둘, 셋. 일순간 사람들에게서 뿜어져 나오는 안도의 한숨과 웃음소리. 분위기는 기옥의 예상대로 흘러갔다. 태인이 기옥의 말을 이해한 듯 표정을 풀고 기옥의 잔에 자신의 잔을 부딪쳤다. 연출이 메리를 향해 엄지를 들어 보였다. 선생님, 이제 뭐 하실 거예요? 진짜 연애라도 하셔야죠. 어디 여행이라도 가시나요. 요즘 어디가 좋다더라? 기옥은 이런 말들이 그저 술자리용 대화라는 것을 알았다. 아무도 기옥의 마음에는 관심이 없다. 그저 화제를 돌려 분위기를 바꾸어 가볍게 웃고 싶을 뿐. 하지만 태인은 술이 올라 붉어진 눈으로 끈질기게 기옥을 바라보았다. 웃음기 가신 번들거리는 눈빛으로. 기옥은 그 불길한 기운을 감지했고 화장실이라도 잠깐 다녀올까 망설이는 순간 태인이 나직하게 내뱉었다. 까고 있네.

태인의 주변에 앉아 있던 이들의 표정이 미묘하게 굳었다. 여성 스태프들은 인상을 찌푸린 채 눈을 내리깔았고, 나머지도 못 들은 척 고개를 돌리거나 술잔을 입으로 가져갔다. 기옥은 얼굴이 달아올랐다. 이미 술기운으로 얼굴이 불콰해서 다행이었다. 웃어넘길까, 아니면 술이라도 끼얹을까. 갈등하는 그 짧은 순간에도 수치심이 몸 안에서 번져나가는 것을 느꼈다. 태인의 욕설을 다들 들었으면서도 모두가 모른 척하고 있다는 사실이 기옥을 더 불쾌하게 했다. 연출이 분위기를 바꾸려는 듯 잔을 들어 태인에게 내밀었다. 태인은 몸을 기울여 건배한 후 남은 와인을 들이켰다. 기옥의 수치심은 분노로 바뀌었다. 뻘건 와인이 얼굴을 타고 흘러내리면 볼만하겠지. 기옥은 테이블 위의 와인병을 바라보았다. 와인을 정수리에 부어버릴까. 아니면 머리통을 세게 갈겨버릴까. 깨진 유리병을 목에 꽂아버릴까. 저 새끼를……. 요즘 들어 기옥은 자주 화가 났고 화를 넘어 분노가 끓어오르는 일이 잦았다. 자신이 생각해도 과할 정도로. 길을 가다 눈이 마주치는 행인을 향해 욕을 내뱉고 싶다든가, 계단을 오를 때 옆을 스치고 가는 이를 확 밀어버리고 싶다든가. 심지어 부모의 손을 잡고 까불며 소리 지르는 아이를……. 하지만 이것은 생각일 뿐이다. 망상. 기옥은 그 사실을 너무 잘 알고 있었지만 가끔은 그런 상상이 너무 가깝게 느껴져 두려웠다. 그것이 타인에게만 향하는 것이 아니라 더 그랬다. 기옥은 주위를 둘러보았다. 사람들은 태연한 척하느라 애쓰고 있었다. 그게 너무 보였다. 다들 이래서 배우는 못 하는구나. 저렇게 마음을 못 속이나. 기옥은 웃음이 났다. 주인공이 아니라 관객이 된 기분. 기옥은 정말로 소리 내어 웃어버렸다. 웃으면서도 자신의 웃음소리를 신경 써서 들었다. 조금 천박하게 들리도록 큰 소리로 웃는다, 라는 지문을 머릿속에 떠올리며. 기옥이 웃자 태인도 웃기 시작했다. 이어서 사람들도 따라 웃었다. 표정과 달리 기옥은 심장이 조여왔다. 이건 웃긴 게 아니라 괴로운데, 고통스럽다, 자연스럽게 마무리하자, 마음먹었는데도 웃음을 멈출 수 없었다. 그러다 태인이 큰 소리로 말했다. 웃어? 내가 웃겨? 웃기냐? 태인의 얼굴에는 웃음기가 가셔 있었다. 더 웃어봐. 더 처웃으라고. 내가 싹 죽인다. 갑자기 태인은 와인병을 손에 쥐고 테이블에 내려쳤다. 내가 못 죽일 거 같지? 하지만 병은 쉽게 깨지지 않았다. 탕, 탕, 하고 나무 테이블 내려치는 소리가 몇 번 더 크게 울렸다. 흘러나온 와인이 태인의 손을 붉게 적셨다. 조명감독과 조연출이 태인을 말렸다. 죽이긴 누굴 죽입니까? 태인보다 더 큰 소리를 낸 것은 연출이었다. 그만하세요! 씨발, 보자 보자 하니까 보자기로 보이나! 항상 조곤조곤하게 말하던 연출이 소리치는 모습에 사람들은 일순간 숨을 멈추었다. 개중 한둘은 흡, 하고 웃음을 참았다. 연출의 목소리에 가장 놀란 사람은 태인이었다. 태인은 와인병을 든 채 머쓱한 표정으로 연출을 바라보았다. 잠시 후, 지금까지 모두 장난이었다는 듯 혀를 날름하고는 어깨를 으쓱했다. NG를 낸 후 민망해하는 배우 같기도 했다.

 술자리는 금방 원래대로 돌아갔다. 태인은 구석에 얌전히 앉아 졸다 중간중간 깨서는 뜬금없이 미안하다며 사과했다. 잠시 후 태인의 매니저가 와서 태인을 자리에서 일으켰다. 태인은 매니저의 손을 뿌리치더니 기옥에게 손을 내밀었다. 미안합니다. 기옥은 마지못해 끈적한 손끝을 살짝 잡았다 놓았다. 태인은 술자리의 모든 이에게 차례로 손을 내밀었다. 태인의 손을 맞잡은 연출은 공손히 고개 숙여 인사했다. 좀 전의 과격한 모습을 본 건 상상이었나 싶을 정도로 다소곳한 태도였다. 그 모습을 보자 기옥은 태인의 손을 잡았던 것이 후회되었다. 내미는 손 따위 뿌리치고 코웃음을 날려줬어야 했는데. 술자리를 완전히 파투 냈어야 했는데. 마음은 늘 한 발짝 늦었다. 태인은 자리를 떠나려다 다시 몸을 돌려 기옥의 어깨에 손을 올렸다. 흠칫하는 기옥을 향해 태인은 미소를 지었다. 또 봐요, 메리. 나의 메리. 태인의 입에서 악취가 났다. 기옥은 그의 시선을 피한 채 고개를 까딱했다. 매니저가 태인의 팔을 잡아끌었다. 가세요, 선생님. 알았어, 새끼야. 그때 기옥과 매니저의 눈이 마주쳤다. 그 찰나의 시간, 기옥과 매니저는 서로의 깊은 곳을 바라보았다. 잠시 후 매니저는 무표정한 얼굴로 기옥에게 눈인사를 한 뒤 태인을 끌고 자리를 떠났다. 태인은 아마 내일이면 미안하다며 기옥에게 연락을 해 올 것이다. 어쩌면 오늘 일은 기억조차 없다는 듯 넘어갈 수도 있을 것이다. 기옥은 이런 종류의 해프닝을 이 바닥에서 수도 없이 보았다. 지겨워. 기옥은 나지막이 혼잣말을 내뱉었다가 정신을 차렸다. 연출이 기옥을 향해 웃고 있었다. 저도요. 기옥은 동의의 쓴웃음을 보이며 말했다. 또라이가 너무 많아. 그리고 금방 후회했다. 속엣말은 하지 않는 게 좋았다. 게다가 비속어라니. 기옥은 자신의 말을 누가 들었나 싶어 좌우를 살폈다. 나는 왜 아직 여기에 있는 걸까. 윤주를 부를까. 하지만 너무 늦은 시간이었다. 계산도 안 하고 갔네. 지금 벌거 중이라던데. 오래

됐을걸? 언젠가 한번 크게 터질 거야. 사람들의 수군거림을 들었다. 기옥은 자신이 떠나면 이들이 또 어떤 이야기를 나눌까 궁금했다. 기옥은 하루가 이토록 길 수도 있구나 생각하며 마지막 술잔을 들었다. 술값은 기옥이 계산했고, 사람들은 고개 숙여 인사했다. 포옹을 해주는 이도 있었다.

배우 우태인 사망. 다음 날 오후, 늦잠을 자고 일어난 기옥은 휴대폰에 와 있는 부재중 전화 목록과 메시지를 보았다. 그것이 무슨 의미인지 이해하기 위해 몇 초간 문자를 응시했다. 가장 먼저 든 생각은, 가짜뉴스일 거라는 희망이었다. 말도 안 되니까. 기옥은 윤주에게 전화를 걸었다. 선생님, 가짜 아니에요. 진짜 돌아가셨어요. 그 순간 기옥은 어깨에서부터 손끝으로 통증이 전류처럼 지나가는 것을 느꼈다. 왜? 어째서?

윤주가 기옥의 집을 찾았을 때 기옥은 소파에 누워 있었다. 기옥은 속이 메스꺼웠다. 윤주가 기옥에게 따뜻한 물과 숙취 해소제를 챙겨다 주었다. 안색이 안 좋아요. 윤주는 걱정스러운 얼굴로 기옥의 팔다리를 주물렀다. 병원에 가시죠. 윤주의 말에 기옥은 고개를 저었다. 단단하고 마른 윤주의 어깨에 얼굴을 묻었다. 윤주의 온기가 느껴지자 눈물이 흘렀다. 슬픔이나 회한이라기보다는 두려움과 혼란한 마음이었다. 기사에서는 자동차 사고라던데, 매니저는 괜찮대? 윤주가 대답 대신 고개를 끄덕였다. 네. 윤주는 무슨 말을 더 하려다 말았다. 왜? 그 친구랑 친해? 뭐 더 아는 거 있어? 기옥의 재촉에 윤주는 고개를 저었다. 아뇨. 그냥 조금 아는 사이에요.

기옥은 다시 소파에 누웠다. 윤주는 기옥의 말투나 행동이 무대 위의 모습 같다고 생각했다. 장례식장이 어디랬지?

장례는 아직인 거 같아요.

왜?

저도 잘.

태인은 새벽에 지방 별장으로 내려가다 사고를 당했다고 했다. 블랙 아이스에 차가 미끄러져 가드레일을 들이받았고 엔진에서 불이 나 차는 전소되었다고. 죽여버린다더니 자기가 갔네. 기옥의 말에 윤주가 마사지하던 손을 멈추었다. 네?

어제. 선배가 나한테 술 취해서 실수를 했어.

무슨 실수요?

뭐, 여튼. 하여간 난 기분이 나빴지. 그런데 가기 전에 내 어깨에 손을 올리더라. 난 제대로 쳐다보지도 않았어. 그것도 많이 참은 거야. 게다가 너무 피곤했어. 다들 피곤했잖아, 어제는.

선생님을 죽이겠다고 했어요?

응? ……그랬지. 그랬어. 아니 그냥 진심은 아니고 분해서 외치는 소리 같았어. 왜 있잖아. 뜻도 모르고 내지르는 소리.

기옥은 휴지를 한 장 뽑아 눈물을 꾹꾹 눌렀다. 근데, 내가 좀 더 맞춰줄걸 그랬나봐. 차라리 술을 더 먹일걸. 아예 뻗어서 그냥 집에 실려 가게. 그랬으면…….

윤주는 얕게 한숨을 쉬며 다시 기옥의 팔을 주물렀다. 기옥은 윤주의 손을 치우고 돌아누웠다. 문득문득 등줄기가 서늘해졌다가 어깨가 아팠다가 했다. 이 모든 게 현실이라는 게 믿기지 않았다. 누구의 잘못도 아니에요. 아시잖아요. 윤주가 말했고 기옥은 천천히 몸을 일으켰다. 두통약 좀. 윤주가 약을 가지러 간 사이 기옥은 텔레비전을 켰다. 뉴스마다 우태인의 죽음에 대한 속보가 나오고 있었다. 함께 동승했던 매니저는 병원으로 옮겨져 치료를 받고 있으나 목숨에는 지장이 없는 것으로 알려졌습니다. 기옥은 어제 태인의 매니저와 눈이 마주쳤던 그 순간이 떠올랐다. 그 친구 이름이 뭐랬지? 상호요? 윤주가 물과 함께 알약을 내밀었다. 이상호. 선생님, 잠은 좀 주무신 거예요?

응, 저, 상호는 태인 씨 그렇게 된 거 알까?

글쎄요. 저도 아직 잘.

아휴, 걔는 이제 어떻게 사냐.

기옥의 탄식에도 윤주는 별말이 없었다. 그동안 여러 번 만났는데도 아직 상호의 이름을 모른다는 것이 윤주는 놀라울 따름이었다. 그러다 금방 생각을 고쳤다. 사실은 전혀 놀랍지 않다고. 이 바닥의 사람들은 몇몇 배우들과 권력자들 빼고, 모두 스쳐 지나가는 사람이었으니까.

나, 블랙 원피스 좀 찾아봐줄래. 아니면 그냥 바

지 입고 갈까. 모자도 써야겠지?

그러다 기옥은 다시 눈을 감고 누웠다. 윤주야. 그게 어제잖아. 멀쩡하게 술 마신 게…… 어제라고.

다음 날 기옥은 장례식장 대신 피부과로 향했다. 프로포폴 이슈를 겪은 이후로 기옥은 병원에 가는 것을 극도로 조심했다. 불면에 시달리거나 신경이 곤두설 때도 웬만하면 수면 유도제 정도로 잠을 청했다. 하지만 약으로도 어찌할 수 없을 때에는 결국 피부과를 찾았다. 기옥의 오래된 팬이 원장으로 있는 병원이었다. 병원에서 수면 마취를 한 후 한숨 자고 일어나면 피부 관리가 끝나 있었다. 전적이 있었으므로 원장은 적절한 선에서 조치를 취해주었다. 기옥은 원장에게 잠을 못 자서 왔다는 말은 한 번도 한 적이 없었다. 원장 역시 기옥의 얼굴을 이리저리 훑어보고 피부에 관한 조언을 해줄 뿐이었다. 피부 톤이 좀 어두워졌네요. 오늘은 백옥 주사도 한 대 맞죠. 원장이 다정하게 말했다. 재워주겠다는 말이었다.

기옥은 침대에 누워 간호사들이 분주하게 움직이는 소리를 들었다. 이어서 혈관에 바늘이 꽂혔다. 조금 주무실게요. 간호사의 이 말이 기옥은 좋았다. 곧이어 정신이 훅 꺼져버리리라는 예감. 기옥이 가장 좋아하는 순간이었다. 훅 꺼진다. 그 말이 그토록 적절하게 여겨지는 순간은 없으리라 생각하며, 기옥은 정말로 훅 꺼져버렸다.

잠에서 깨었을 때 병원의 따스한 조명이 눈에 들어왔다. 일어나셨어요? 팩 해드릴게요. 직원의 부드러운 손길이 기옥의 얼굴에 닿았다. 문득 태인이 떠올랐다. 태인도 이렇게 훅 꺼졌을까. 아니면 고통 속에서 천천히 의식이 멀어지는 걸 느꼈을까. 그리고 다시는 눈을 뜨지 못했지. 다시는 눈을 뜨지 못하는 것. 기옥은 그것도 괜찮겠다고 생각했고 이런 생각이 처음은 아니었다.

장례식장 앞에는 예상대로 기자들이 진을 치고 있었다. 기옥은 차 안에서 머리 모양을 여러 번 점검했다. 모자 대신 선글라스를 쓰고 차에서 내려 장례식장으로 들어갔다. 기자들이 기옥을 향해 카메라를 들이댔다. 여기저기서 플래시가 터졌다. 기옥은 의식적으로 허리를 펴고 천천히 걸었다.

사진이 자연스럽게 나와야 할 텐데. 기옥은 이 순간에도 그런 생각을 하는 자신에게 한숨이 나왔다. 플래시 세례를 받으면 위축됐다. 사람들이 또 무슨 이야기를 꾸며낼지 알 수 없었다. 기옥은 두려웠다.

  빈소에는 수많은 화환이 늘어서 있었고 수백 송이의 하얀 국화가 영정 사진을 감싸고 있었다. 사진 속 태인은 고개를 왼쪽으로 약간 기울인 채 기옥을 바라보며 웃고 있었다. 그날처럼 번들거리는 눈빛도, 집요한 표정도 아니었다. 사진 속의 그는 더없이 순한 얼굴로 부드러운 미소를 짓고 있었다. 카메라 앞에서 선한 표정을 끄집어낸 것이겠지만 그에게는 저런 면도 분명 있었다. 사진을 찍을 때 태인은 이것이 영정 사진으로 쓰일 거라는 걸 알았을까? 기옥은 사진 속의 태인을 바라보자 쓸쓸해졌다. 오랫동안 알고 지냈고 최근 몇 달간은 함께 연습을 하며 거의 매일 만난 사이였다. 밥을 먹고 술잔을 부딪치고 농담을 나누었다. 무대 위에서 서로의 눈을 바라보며 합을 맞추었다. 술에 취한 태인이 자신의 어깨에 손을 올렸던 그 순간이 다시 떠올랐다. 헤어질 때 인사도 제대로 못했는데. 눈도 쳐다보지 않았는데. 며칠 지나지 않아 그 순간을 후회하게 될 줄 몰랐다.

빈소는 태인의 가족들이 지키고 있었다. 태인의 아내는 머리가 센 것만 빼면 전과 다를 바 없어 보였다. 아직 10대인 딸과 대학생 아들이 멍한 얼굴로 엄마 옆에 나란히 서 있었다. 아내는 기옥에게 공손하게 고개를 숙여 인사했다. 기옥의 움츠려진 마음이 풀어졌다. 자신도 모르게 다가가 아내의 손을 잡았다. 기옥은 조심스럽게 위로의 말을 건넸지만 아내는 아무 말도 하지 않았다. 유족들은 의외로 담담해 보였다. 슬픔과 충격이 한바탕 휩쓸고 간 후 피로가 밀려오고 있는 듯했다. 어쩌면 아직 현실을 받아들이지 못한 것일지도 몰랐다. 무표정한 아이들의 얼굴들을 마주하자 기옥은 오히려 눈물이 났다. 가슴이 아렸다. 남은 가족들 때문인지 갑자기 떠난 태인 때문인지 알 수 없었다. 어쩌면 장례식장에서 느껴지는 다만 서러운 마음인지도. 우는 기옥을 바라보는 아이들의 시선이 느껴졌다. 기옥은 서둘러 눈물을 닦고 조문실을 나왔다. 북적이는 사람들 사이에서 기옥은 멍하니 서 있었다. 그때 누군가가 기옥의 팔을 잡았다. 연출과 무대감독이 서 있었다. 셋은 구석 테이블에 앉아 소주를 따랐다. 아무도 술잔에 입을 대지는 않았다. 매니저는 괜찮대? 괜찮대요. 그때 온 개 맞지? 맞아요. 뭐 졸음운전 그런 건 아니래? 일단 조사를 더 해봐야 하겠죠. 하나는 죽고 하나는 살았으니. 조문객이 계속해서 들어왔고 빈소는 붐볐다. 기옥은 사람들과 마주치는 것이 불편했다. 그날 밤에 뒤풀이를 늦게까지 했더라고. 중간에 싸움도 났었대. 최기옥이랑 붙었다던데. 그리고 다 타버린 거야. 아주 까맣게. 기옥은 사람들의 대화가 들리는 것 같았다. 우리, 담배 한 대 피울까. 기옥이 속삭였다.

셋은 장례식장을 나와 흡연 구역으로 향했다. 연출은 기옥에게 담배를 한 대 빌린 후 주위를 둘러보고 담배에 불을 붙였다. 셋은 말없이 담배 연기만 허공에 뿜어냈다. 기옥은 누가 볼까봐 금방 담배를 껐다. 허무하네요. 무대감독이 입을 뗐다. 이게 말이 돼요? 누군가를 탓하는 어조였다. 세상에 말 되는 일이 얼마나 있나요. 아마 거의 없을 겁니다. 연출이 작게 읊조렸다. 그렇게 취해서 그 밤에 별장엔 왜 내려갔대요? 기옥이 물었지만 둘은 말없이 고개를 저을 뿐이었다. 그걸 누가 알겠습니까. 연출이 한숨을 내쉬었다. 그 모습이 죄인처럼 보였다. 해가 지기 전인데도 바람이 매서웠다. 입에서 나오는 게 담배 연기인지 입김인지 구분되지 않을 정도였다. 눈이 내렸으면 좋겠는데. 기옥이 하늘을 올려다보며 말했다. 나머지 둘도 기옥을 따라 하늘을 올려다보았다. 눈은 안 올 거예요. 연출이 절망스러운 듯 말했다. 기옥은 다른 이야기를 나누어야 한다고 생각했다. 좀 더 할 얘기가 남아 있다고. 아니, 어쩌면 이야기는 이제부터 시작되는 거라고. 하지만 더 이상 말하고 싶지 않았다. 적절한 말이 떠오르지도 않았다. 시작도 하지 않았는데 탈진한 기분. 연출은 새 담배에 불을 붙였다. 이제 담배 좀 줄여요, 말하려다 지금 그게 다 무슨 소용일까 싶어서 그만두었다.

 윤주가 운전하는 차를 타고 기옥은 집으로 향했다. 기옥은 차창을 내리고 찬바람을 맞았다. 감기

걸려요. 윤주의 말에도 기옥은 창을 올리지 않았다. 다섯 시가 넘었을 뿐인데 해가 지고 있었다. 선생님. 윤주가 기옥을 불렀다. 피부 상해요.

사람들이 뭐래?

별거 없어요. 명복을 빌고, 뭐.

명복을 빌고? 내 얘기는?

없어요. 그런 거.

윤주야.

네?

자고 갈래?

주무시는 거 보고 갈게요.

윤주는 애인이 집에서 기다린다고 했다.

아니야, 그냥 해본 말이야.

집에 도착한 윤주는 식사를 준비했다. 기옥은 샤워를 한 후 얼굴에 팩을 올리고 텔레비전을 켰다.

오늘이 무슨 요일이지?

수요일이요.

막공이 사흘 전이었네.

맞아요.

안 믿겨. 한 달은 지난 거 같아.

선생님, 전복 있는 걸로 죽 끓일게요.

참, 이번 달 결산은?

나쁘지 않아요. 차 안 팔아도 되겠어요.

윤주의 농담에 기옥이 웃었다. 4년 전 기옥은 유부남 사업가와 불륜 스캔들에 휘말렸고 그로 인해 한동안 일이 끊기는 바람에 재정적인 곤란을 겪었다. 광고는 당연히 계약 파기되었고 예정되어 있던 작품에서도 하차해야 했다. 수입은 끊겼는데 지출 목록은 줄지 않았다. 당장 길거리에 나앉을 일은 없었지만 정신적으로 피폐해졌고 불안증까지 생겼다. 기옥은 윤주에게 자주 앓는 소리를 했다. 차 팔아야 되겠어. 한 대만 두고 다 정리해야지. 이사를 가야 할까. 이렇게 큰 집에 살 필요가 있을까. 그러면서도 기옥은 억울했다. 기자들은 정확한 사실관계의 세부 사항에 대해서는 큰 관심이 없어 보였다. 대중도 마찬가지였다. 어찌 되었건 그 사람을 만난 건 사실 아니냐고 말하면 그만이었다. 분노하는 대중을 상대로 기옥은 무력했다. 참아요. 이 기회에 좀 쉬면서 기다려봐요. 전화위복. 그동안 너무 달렸어. 소속사 대표는 안쓰러운 얼굴로 기옥을 위로했다. 우리는 가족이니까. 하지만 얼마 안 가 프로포폴 이슈가 터졌고 소속사에서는 기옥과 재계약을 하지 않았다. 인터넷에는 기옥과 남자가 나눈 메시지가 캡처되어 무한 증식하고 있었다.

옥님. 전에 거기 709호.

대표님, 오늘 좋은 거 부탁.

빨간 거? 하얀 거? 아니면 노란 거?

묵직한 걸로.

기옥은 간단하게 표기된 단 몇 줄의 사적인 문자메시지로 부도덕의 화신으로 한동안 인터넷에 회자되었다. 남자는 A씨로 표기되었고 기옥의 이름은 그대로 노출되었다. 기옥은 매혹적인 연기파 배우에서 돈과 환락에 눈이 먼 불륜녀가 되어 있었다. 메시지를 공개한 이를 찾아 처벌하고 싶었으나 실패했다. 처음 기옥은 이 억울함을 풀고 해명을 하고 싶었다. 소속사에서도 나서서 입장 발표를 했다. 사업가 A와 최기옥 배우는 오랜 친분이 있는 관계로 A씨가 별거 중이라는 사실을 안 뒤 서로의 아픔을 나누는 사이로 발전했을 뿐, 최기옥은 모르는 사실, 메시지에 언급된 색깔, 와인 애호가로,

서로 농담을 종종 주고받았고, 대가성 관계 아님, 억측 자제, 비방 시 강력한 법적 조치……. 그러나 악플러들에게 강력한 법적 조치는 이루어지지 않았다. 범죄를 저지른 것은 아니었기에 시간이 지나면 자연스레 복귀할 수 있을 거라고 사람들은 기옥을 다독였다. M이 자신을 배신했을 때에는 정신없이 일을 하는 것으로 우울과 분노에서 벗어나려 했다. 그때는 젊었다. 하지만 지금은 갑자기 일이 끊겼고 기옥이 할 수 있는 것이 없었다. 거울을 보면 어느새 늙은, 우울한 표정의 여자가 서 있었다. 그 얼굴을 가만히 보고 있으면 마음 깊은 곳의 우울이 분노가 되어 맹렬하게 치밀어 올라 견디기 힘들었다. 그러다 다시 무기력의 늪으로 침잠했다. 그즈음에는 잠에 빠지는 것만이 기옥을 유일하게 평안으로 이끌었다. 그러다 습관적으로 약물을 사용했던 연예인들이 줄줄이 소환되었고 기옥도 거기에 포함되었다. 다행히 기옥은 다른 이들에 비해 횟수가 적은 쪽에 속해서 법원까지 가지는 않았다. 피부 관리 차원에서 사용된 것으로 결론이 내려졌기 때문이었다. 기옥은 그것이 자신의 마지막 행운이라고 생각했다. 대중에게는 이미 약쟁이로 인식되어 버린 후였다.

　모든 것이 끝난 후 기옥은 곰곰이 생각해보았다. 자신의 사생활을 기자들이 어떻게 알았을까. 기옥은 주변 사람들을 의심하기 시작했다. 의심은 사람을 피폐하게 만들었다. 오랜 시간 함께 해온 스타일리스트와 입주 도우미를 해고했다. 친했던 이들은 스캔들 이야기만 의도적으로 피해 아무 일도 없는 듯 안부를 물었다. 기옥을 배려하는 차원이었겠지만 그럴수록 기옥은 더 혼자 같았다. 앞길이 창창하니 힘내라는 말도 언젠가부터는 아무도 하지 않았다. 자다가 깨면 숨이 막혔다. 기옥은 상대가 자신에게 의도적으로 하지 않는 말들을 짐작하느라 예민해졌다. 때때로 M이 떠올랐고 기옥은 저주를 퍼부었다. 누가 볼까봐 일기도 쓰지 못했다. 고개를 들어 주위를 보면 사람들은 행복해 보였다. 기옥과는 무관한 세계 같았다. 몇 개월의 시간이 흘렀고 기옥의 옆에는 윤주만 남아 있었다.

　고마워. 전복죽을 덜어 주는 윤주에게 기옥이 말했다. 저도요.

네가 뭐가 고마워?

월급 제때 주시고. 보너스도 주시고. 맛있는 것도.

기옥이 웃었다. 뭐 죄다 주는 거 얘기야. 둘은 함께 전복죽을 먹었다. 식사를 마친 후 윤주는 스트레스와 불면증 완화에 좋다는 한약을 데워 오레오 한 개와 함께 가져다주었다. 기옥은 한약을 마신 후 오레오를 집어 입안에 넣었다. 이제 과자는 먹지 말까봐. 아니지. 언제 갈지 모르는데 이쯤이야 뭐. 기옥의 말에 윤주가 무언가 생각난 듯 목소리를 고쳐 말했다. 아, 선생님. 광고가 하나 들어왔어요.

광고? 정말? 어디서?

네. 그런데, 그게.

탈모약 광고라고 했다. 케이블 방송 광고인데, 그냥 제의가 와서 말씀드려보는 거예요.

얼마 준대? 하지 뭐, 그까짓 거. 들어온 게 어디니. 내가 머리숱 하나는 끝내주지.

윤주는 과장되게 머리를 쓸어 올리는 기옥을 보며 웃었다. 그러다 손을 들어 기옥의 등을 쓸어내렸다. 선생님, 안 해도 돼요. 아시죠? 등에 윤주의 온기가 닿자 기옥은 왠지 울음이 날 것 같았다. 간혹 윤주는 이렇게 훅, 기옥의 마음을 휘저어놓았다. 기옥은 애써 가벼운 어조로 말했다. 광고 찍으면 어디 같이 놀러 가자. 응? 기옥은 윤주의 답을 기다렸다. 윤주는 고개를 끄덕였다. 기옥은, 꼭 가자. 이번엔 진짜로, 하고 다짐하듯 말했다.

그래요, 가요.

꼭. 윤주는 기옥이 원하는 답을 잘 알았다. 언제나 너무 잘 알았다. 기옥은 그것으로 만족했다. 기옥은 윤주의 까칠한 얼굴을 잠깐 응시하다 말했다. 화장대 가보면 포장 안 뜯은 크림 한 통 있거든. 그거 가져가.

아니에요.

좋은 거니까 가져가서 잘 때 발라. 아끼지 말고 듬뿍 발라. 그리고 너 운전 조심해야 돼. 무섭다.

주무시는 거 보고 갈게요.

아니야. 나 벌써 자는 거 같은데. 눕기만 하면 되는데.

기옥은 테라스에 서서 윤주가 가는 것을 지켜보았다.

처음 윤주를 만난 것은 전 소속사에 있을 때였다. 좁은 어깨에 화장기 없는 얼굴로 두 손을 모은 채 어색하게 서서 인사하던 윤주는 그때 이미 20대 후반이었다. 애가 좀 어둡지 않아? 기옥이 대표에게 물었지만 대표는 대수롭지 않게 말했다. 고생을 많이 해서 그래. 저런 애가 진국이야. 그래도 별로면 바꿔줄게. 하지만 윤주는 그때부터 10년이 훌쩍 넘은 지금까지 기옥의 차를 몰고 있다. 뿐만 아니라 윤주가 없으면 기옥의 생활이 불가능한 지경이 되었다. 하지만 기옥이 가까웠던 이들을 해고시키면서도 윤주를 남긴 것은 윤주를 완벽하게 신뢰하기 때문은 아니었다. 실은 그 반대에 가까웠다. 윤주가 떠나면 어떤 소문이 돌지 알 수 없었기 때문에. 윤주가 자신에 대해 어떤 말을 할지 두려웠기 때문에. 윤주는 입이 무거웠지만 그래서 더 속을 알 수 없었고 지난날들을 떠올려보면 기옥은 너무 많은 이야기를 윤주에게 해왔다. 당연히 윤주는 비밀을 지킬 거라고 생각했던 것 같다. 아니, 기옥은 윤주의 존재 자체를 크게 인식하지 못했다. 왜 그랬을까? 기옥은 자신에게 물었다.

왜? 왜 저 애를 믿었지? 윤주에 대해서 아는 게 얼마나 있다고.

 기옥은 윤주가 카니발을 끌고 아파트를 벗어나는 것까지 본 다음, 방으로 돌아왔다. 컴퓨터 켠 뒤 인터넷 뉴스를 훑어보았다. 태인의 조문객들 사진이 어느새 올라와 있었다. 기옥의 사진도 있었다. 볼이 좀 처져 보였고 자세가 마음에 들지는 않았지만 어쩔 수 없다고 생각했다. 하지만 선글라스를 낀 것은 좋은 선택이었다고 스스로를 위로했다. 기옥은 인터넷 창을 닫은 후 홈캠 녹화본이 저장되어 있는 폴더를 열었다.

 수년 전, 귀중품을 몇 번 잃어버린 적이 있었다. 그때 회사 대표가 홈캠을 설치해보라는 조언을 했고 기옥은 인터넷으로 홈캠을 주문했다. 기옥은 홈캠을 안방과 드레스 룸에 설치했다. 바깥에서 일하면서 종종 라이브로 보거나 녹화본을 혼자 살펴보았다. 도우미와 매니저가 자신이 없을 때 어떤 행동을 하는지 보는 것은 흥미로웠다. 불법인가, 고민했지만 어차피 내 집이니 상관없지 않나, 생각했다. 죄책감 때문에 그게 더 재미있다는 것을 기옥은 알았다. 알지만 모른 척했다. 기옥은 한동안 홈캠으로 직원들의 행동을 훔쳐보다 얼마 안 가 그만두었다. 특별한 계기가 있었던 것은 아니었고, 다른 일로 바빠지기도 했고, 특별히 흥미로운 장면이 없어서 나중에는 대충 스킵해서 보다가 아예 녹화도 하지 않게 되었다. 그 후로는 이런저런 사정으로 사람들이 드나드는 일도 없어져 홈캠의 존재는 잊고 지냈다. 그러다 몇 달 전부터 기옥은 다시 홈캠을 쓰기 시작했다. 이번에는 죄책감을 모른 척하지 않았다. 다만, 이것으로 누군가의 무죄를 확신할 수 있다면 평생 그를 믿고 도와주며 살겠다 다짐했다. 그러한 다짐이 알량한 자기 위안일 뿐일지라도 기옥에게 그것은 중요했다. 자신의 의심이 기우에 불과했다는 사실이 증명되기를 간절히 바랐다.

 기옥은 일찌감치 자리에 누웠다. 윤주는 지금쯤 집에 도착했을 것이다. 몸이 지나치게 피곤하면 오히려 잠이 잘 오지 않는다. 기옥은 눈을 감고 한동안 잠을 청했다. 하지만 머릿속에 장례식 장면이 재생되기 시작했다. 좀 전에 본 태인의 빈소가 떠올랐다. 불붙은 향 위로 공중으로 가만히 올라가던 가느다란 연기. 차분한 냄새. 내일이 발인이랬지. 아직도 거기엔 담담한 표정의 아내가 어리둥절한 아이들과 피곤한 얼굴로 조문객을 맞고 있을까. 기자들은 모두 떠났을까. 사진을 찍고, 아이 사진은 못 쓰겠네. 기사를 쓴 후 돌아서는 발걸음이 가벼웠을까. 콧노래를 흥얼거리며 드디어 퇴근이다. 저녁엔 뭘 먹을까, 고민하며 밝은 목소리로. 그리고, 이제는 태인이라고 할 수 없는 어떤 몸은 차가운 곳에서 홀로 기다리고 있겠지. 사라질 준비를 하고 있겠지. 그러다 태인의 차가 타오르고 그의 몸에 불이 붙는 모습이 떠올랐다. 태인의 생생한 살과 커다란 눈. 메리, 이리와, 하며 기옥을 부르던 목소리. 가끔씩 튀던 침방울과 땀이 밴 얼굴. 미안하다며 내밀던 손. 그 손의 부피. 이제는 없다. 없어졌다. 마지막인 걸 알았다면…… 기옥은 자신의 손을 찬찬히 들여다보았다. 기옥은 순간 메리가 되어 독백을 했다.

아, 흉해라. 이 손이 한때는 아름다웠다고 하면 아무도 안 믿겠지.

기옥의 가슴이 조여왔다. 안 좋은 신호였다. 기옥은 이런 생각들이 흘러 흘러 어디로 가게 될지 알고 있었다. 기옥의 머릿속에는 스틸 컷으로 저장되어 있는 무수한 파일들이 있었다. 불면의 밤이면 그 파일들이 하나씩 재생되었다. 과거로 과거로 향하는 그 파일들에는 기옥의 실수와 실패와 상처와 기쁨과 환희의 순간들이 저장되어 있었다. 그것의 내용이 무엇이건 그것이 과거라는 사실만으로 기옥은 공허해졌다. 어둠은 현재까지 이어지고 있었고 기쁨은 이미 흔적도 없이 사라지고 말았기 때문에. 어두운 방 안에 빠르게 늙어가는 내가 홀로 누워 있기 때문에. 이런 생각에 빠지면 가슴이 답답해지고 숨이 가빠왔다. 좀 전에 인터넷에서 보았던 사진 속의 검은 옷을 입은 구부정한 여자가 떠올랐다. 그녀에게 밝은 미래란 없을 것이다. 메리가 결국 앞으로 나아가지 못한 채 과거의 망령에 얽매어 자신을 놓아버린 것처럼. 그 순간 기옥은 기대되는 것이 아무것도 없었다. 윤주에게 연락해볼까. 기옥은 시계를 보았다. 자정이 넘은 시간이었다. 하지만 윤주는 올 것이다. 귀찮겠지. 그래도 올 것이다. 그렇게 생각하자 기옥은 조금 괜찮아졌다.

2

상호는 갈비뼈와 발목뼈가 골절되고 전신에 타박상을 입었지만 생명에는 지장이 없다고 했다. 윤주가 병실에 들어섰을 때 상호는 가슴에 복대를 차고 다리는 반깁스를 하고 누워서 휴대폰을 보고 있었다. 새까맣던 멍은 며칠 새 퍼렇게 변해 있었다. 윤주는 커피와 마카롱이 든 봉지를 내밀었다. 뭘 또 사왔어. 상호는 몸을 일으키며 웃으려 했지만 통증 때문인지 얼굴이 일그러졌다. 어머니는? 윤주가 주위를 둘러보며 물었다. 일하러 가셨지. 윤주는 얼마 전 병실에서 본 상호의 어머니를 떠올렸다. 기옥과 비슷한 연배인 상호의 어머니는 염색할 시기를 놓쳐 흰머리가 하얗게 올라와 있었고 얼굴에는 기미가 짙게 끼어 있었다. 윤주는 기옥이 준 화장품을 가방에서 꺼냈다. 이거 어머니 드려. 좋은 거야.

윤주가 휠체어를 가져와 상호를 앉힌 후 손잡이를 잡았다. 상호의 휑한 정수리가 눈에 들어왔다. 상호는 이제 서른이다. 너 원래 이렇게 머리숱이 없었어?

요즘 더 많이 빠졌지. 유전이야.

탈모약이라도 먹어.

윤주는 상호의 머리를 보며 기옥에게 들어온 탈모약 광고를 떠올렸다. 둘은 옥상으로 올라갔다. 윤주가 올 때마다 둘은 옥상의 흡연구역으로 향했다. 상호는 윤주가 반갑다기보다 담배를 피울 수 있어 좋아하는 것 같았다. 엄마는 나 담배 피우는 거 질색하니까. 상호가 담배에 불을 붙이며 말했다. 상호의 아버지는 폐암으로 죽었다. 아버지는 담배도 안 피웠는데. 뭘 잘 안 먹고 일만 해서 그랬던 거 같아. 그런데 또 상한 거는 지겹게 먹어요. 버리지를 못하더라. 먹어도 안 죽는대. 아니 뭐 안

죽으면 다 먹어도 되는 거야? 사람이? 상호는 옆에 아버지가 있는 것처럼 목소리를 높였다. 썩은 거 많이 먹어서 암 걸린 거 같아. 내가 유튜브에서 봤어. 그런 거 많이 먹으면. 상호는 말을 멈추었다. 흉통 때문에 인상을 쓰고 숨을 내쉬었다. 상호의 등을 쓸어내리며 윤주가 말했다. 암도 유전이래. 그러니까 너도 담배 끊어. 상호는 담배 연기를 공중에 내뿜고는, 응, 하고 순순히 답했다. 윤주가 어이없다는 듯 웃자 상호도 따라 웃다가 다시 인상을 찌푸렸다. 유전 안 되는 게 없는 거 같지 않아? 그치, 누나?

상호가 담배를 다 피운 후에도 둘은 옥상에 나란히 서서 찬바람을 맞으며 서울의 야경을 바라보았다. 아줌마는 괜찮아? 상호가 물었다. 기옥의 안부를 묻는 것이었다. 상호는 윤주와 있을 때면 기옥을 아줌마라고 칭했고 윤주는 태인을 아재라고 불렀다.

안 괜찮지.

약은 끊었어?

끊었겠냐.

아줌마 어쩌냐.

어쩌긴 뭘. 그래도 잘 살아.

그게 잘 사는 거야?

윤주는 길게 늘어진 자동차 불빛을 바라보며 혀를 찼다. 너나 잘 살아. 연예인 걱정은 하는 게 아니야.

자기가 더 걱정하면서. 근데, 오늘 형사 또 왔었어.

또? 왜?

근데, 누나. 사실 나 그때 일이 진짜 생각이 안 나.

당연하지. 그런 사고를 당했는데.

그런가. 그렇겠지? 의사도 그랬으니까. 근데, 내가 사실 그때 약을.

뭐라는 거야.

윤주는 상호가 무슨 말을 하려는지 알고 있었지만 듣고 싶지 않았다. 모르고 싶었다. 혀로 입술을 핥았다. 거칠고 메마른 입술이 혀에 닿았다. 차가운 겨울바람이 자꾸 얼굴을 치고 지나갔다.

그날 술 엄청 드셨잖아. 근데 자꾸만 나를 귀찮게 하는 거야. 잠도 안 자고. 그래서 내가.

억지로 먹였어? 윤주가 상호의 눈을 똑바로 바라보며 물었다. 상호는 윤주를 잠시 바라보다 고개를 돌렸다.

보험 조사원이 열심히 파고 있을 거야. 네가 잘못한 걸 어떻게든 찾아내려고. 뒤집어씌우려고.

그건 그래.

윤주는 상호를 내려다보았다. 설마 너 형사한테 엉뚱한 말한 거 아니지?

내가 바보야?

상호가 입꼬리를 올리며 피식 웃었다. 멍하게 보였던 상호의 눈이 그때만큼은 반짝 빛났다. 그때 윤주는 상호가 다른 사람 같다고 생각했다. 상호가 왜 이런 말을 자신에게 하는지 궁금했다. 그 일이 드러나면 나도 곤란해질 거라는 걸 알려주려는 걸까. 윤주가 몸을 움츠리며 말했다. 춥다. 이제 그만 내려가자.

조금만 더 있으면 안 돼? 오히려 좋아. 얼얼하니, 속이 풀려.

상호는 사고가 난 바로 다음 날 병실에서 간단한 조사를 받았다. 동승자의 사망에 따른 당연한 절차라고 했다. 다리에 철심을 박는 수술을 했고 얼굴에는 시커먼 멍이 들었다. 뇌진탕 증상이 있었으나 의사는 점점 나아질 거라고 했다. 대면 조사는 단순한 절차에 불과했다. 블랙박스와 CCTV 확인으로 대략적인 결론은 날 것이다. 며칠 뒤에는 보험 조사원도 왔다 갔다. 조사원을 만난 날, 상호는 기분이 아주 더러웠다고 했다. 되게 예의 발랐어. 나 다친 거 걱정도 해주고. 그런데 내가 대답을 잘 못 하겠는 거야. 그 사람은 그냥 공손하게 물어보고 되게 잘 들어주는데도 왠지 내가 말하는 그대로 전달이 안 되는 거 같다고 해야 하나.

왠지 알아?

윤주가 상호에게 물었다. 상호는 고개를 저었다.

네 잘못을 찾아내려는 사람이니까. 그게 그 사람들 일이니까. 아무리 공손해봤자야.

누나, 똑똑하다. 맞아. 말한 거 말고 말 안 한 걸 자꾸 찾으려고 하는 거 같았어.

상호를 병실로 데려다준 후 윤주가 인사했다. 또 올게.

누나. 윤주는 몸을 돌려 상호를 보았다. 나 이제

어떻게 살지?

그냥 살면 돼. 잘 때 자고 먹을 때 먹고. 그러면 돼. 되더라고. 내가 살아봐서 알아.

상호의 표정이 조금 느슨해진 것을 보고 윤주는 병실을 나왔다. 당분간 상호는 쉬어야 할 것이다. 몸과 마찬가지로 마음도 추슬러야 한다. 어쩌면 평생. 상호는 소속사에 채용된 직원이니 금방 해고되지는 않겠지만 결국 스스로 나오게 될 것이다. 사람들은 사고가 상호의 잘못이 아니라고 위로해줄 테지만 어떤 배우도 상호가 운전하는 차를 타려 하지 않을 것이다. 상호는 운이 없다. 그런 사람이 있지. 노력과는 무관하게 뭘 해도 잘 안 풀리는 사람. 앞으로 사람들은 상호를 보면 재수 없다고 할 것이다. 상호의 불운이 옮겨붙을까봐 두려워하겠지. 윤주는 엘리베이터에 부착된 거울을 보았다. 찬바람을 맞아 붉게 상기된 볼을 손으로 문질렀다. 이제 마사지나 받으러 가볼까. 윤주는 마른 입술에 립밤을 바른 후 주차장으로 향했다.

윤주는 기옥의 차를 몰고 최고급 스파가 있는

특급 호텔로 향했다. 예전에 기옥을 몇 번 데려다준 적이 있는 곳이었다. 기옥이 스파를 하러 호텔로 올라가면 윤주는 그동안 밀린 업무를 보았다. 기옥의 옷을 찾으러 숍에 가기도 했고, 기옥의 잔심부름을 하기도 했다. 혼자서 밥을 먹거나 근처 카페에서 스케줄을 정리하며 시간을 때운 적도 많았다. 그러다 약속된 시간에 픽업을 가면 기옥은 매끈한 얼굴로 차에 오르곤 했다. 그때 기옥에게서는 윤주가 맡아보지 못한 은은한 향이 났다.

윤주는 기옥이 소속사에 있을 때부터 로드 매니저라고 불리는 현장 매니저 일을 했다. 운전을 해주고 잡일을 도와주는 가장 낮은 직책의 매니저. 윤주는 차 안에서 기옥과 보내는 시간이 많았고 기옥은 말수가 적은 윤주에게 이런저런 것들을 물어왔다. 윤주가 대답을 길게 할 수 없었던 이유는 할 말이 많이 없기도 했지만 기옥의 말을 이해하지 못했거나 흘려들었기 때문인 경우도 있었다. 그리고 무엇보다 기옥은 자꾸 잊었다. 말을 많이 하지 않는 윤주를 기옥은 속이 깊다고 생각하는 것 같았다. 사실 윤주는 트러블 없이 일하고 얼른 퇴근해서 쉬고 싶은 마음뿐이었다. 그래서 마음과 무관하게 기옥이 원하는 대답을 해주었다. 쉬운 일이었다. 기옥은 감정 기복이 심했다. 기분이 좋으면 말이 많아졌다. 윤주도 처음에는 기옥이 하는 말을 믿었다.

이거 너 줄게. 너도 하나 사줄게. 나중에 거기 같이 가자. 우리는 가족이잖아.

하지만 기옥은 금방 잊었다. 그런 말을 들은 후 은근히 기대하고 설레기까지 했던 자신이 부끄러웠다. 윤주는 인사치레나 빈말을 자신이 구분하지 못하는 건가 생각하다가 더 이상 기대하지 않기로 했다. 하지만 윤주는 기옥을 따라 회사에서 나온 것을 후회하지는 않았다. 기옥은 회사에서 받았던 월급의 두 배를 주었다. 물론 하는 일이 더 많아지기는 했다. 윤주는 기옥의 치프 매니저가 되었다. 하지만 기옥의 일은 전처럼 많지 않았고, 아픈 할머니를 간병하며 직장을 다닐 때에 비하면 육체적으로 크게 힘들지도 않았다. 기옥은 명절마다 잊지 않고 보너스를 주고 종종 용돈까지 챙겨주었다. 그럼에도 기옥이 벌고 쓰는 돈에 비하면

야박하다는 생각이 들 때가 있었다. 회사에 있을 때에는 회사가 야박하다고 생각했다. 거의 양아치라고. 그리고 언제쯤 치프 매니저가 될 수 있을지, 언제쯤 차에서 대기하는 삶에서 벗어날 수 있을지를 생각했다. 그렇게 몇 년을 근무하다 보니 그것도 되는 사람만 된다는 것을 알게 되었다. 어디서든 정치를 할 줄 알아야 했다. 윤주는 대단한 경력도 인맥도 연줄도 없는 서른에 가까운 신입일 뿐이었다. 사교적이지도 싹싹한 편도 아니었다. 타고난 현장 매니저라는 다른 이들의 평가가 칭찬인 줄로만 알았다.

윤주가 보기에 기옥은 하는 일에 비해 돈을 많이 벌었다. 윤주가 보았던 연예인들은 모두가 그랬다. 소속사를 나온 후 기옥의 수입은 반 이상 줄었지만 소속사가 없기 때문에 버는 돈은 모두 기옥에게 갔다. 게다가 그동안 연예계 생활을 하며 모은 돈이 꽤 될 거라 짐작했다. 기옥에게는 딸린 식구도 없고, 강아지나 고양이도 키우지 않았다. 기옥의 재력은 전화 통화만 들어봐도 짐작할 수 있었다. 어디에 있는 빌딩과 어디에 있는 별장과 어디에 넣어둔 주식……. 차 안에서 통화할 때면 기옥은 윤주를 의식하지 않았다. 마치 주위에 아무도 없는 것처럼. 그래서 윤주는 기옥의 사생활에 대해 꽤 많은 정보를 알게 되었다. 윤주의 기준에서 보면 기옥은 엄청난 부자였는데 잠깐 일을 쉰다고 차를 파니 어쩌니 앓는 소리를 해댔다. 어차피 잘 타지도 않는 차. 없어도 되는 것들. 그만큼 쉽게 벌었으면 스캔들 정도는 감당해야 하는 거 아닌가. 윤주는 속으로 코웃음을 쳤다. 그들이 가진 부. 그건 그들의 노력만으로 얻은 것일까. 물론 노력 없이 무언가를 얻는 건 쉽지 않다. 하지만 노력이란 얼마나 상대적인 것인가. 윤주는 기옥의 반듯한 이목구비를 떠올리며 거울을 보았다. 왼쪽으로 살짝 휘어진 매부리코와 좁은 이마. 윤주는 짧게 한숨을 내쉬었다.

윤주는 틈틈이 할머니가 입원 중인 요양병원에 면회를 갔다. 부모 대신 윤주를 키워준 할머니. 이제 할머니는 윤주를 알아보는 시간보다 몰라보는 시간이 훨씬 더 길었다. 처음에는 면회를 갈 때마다 죄책감과 연민으로 마음이 찢어질 것 같았지만 그렇게 한 달, 1년이 지나니 한 주에 한두 번씩 가던 것이 2주에 한 번, 3주에 한 번으로 뜸해졌다.

  누구슈? 의문 가득한 뿌연 눈동자를 보면 예전의 할머니가 아니었다. 컨디션이 좋을 때에는 자꾸 허황된 이야기를 했다. 여기서 나가면 등산을 매일 다닐 거야. 산에 가면 천지 버섯일 건데 그거 내가 캐야 되는데. 근데 너 돈은 버냐? 나 비행기 좀 태워줘라. 민 씨네 할매는 백두산 갔다왔다대. 머리 염색도 싹 하고 옷도 이제, 응? 여기 이불 못 쓴다. 나 목화솜 이불 좀 구해줘봐. 흑염소 좀 다려와봐. 돈 좀 줘봐. 그런 말을 할 때에는 목청이 대단했다. 예전의 할머니라면 절대 하지 않을 말들. 처음에는 희망이 생기는 것 같아서 좋았는데 이제는 욕망이 담겨 있는 낯선 목소리와, 그와 대조적으로 점점 쪼그라드는 몸을 외면하고 싶어졌다. 무엇보다, 저 사람은 우리 할머니가 아니다. 우리 할머니가 아닌 무언가로 점점 변해가고 있다는 생각이 자꾸 들었고, 그런 생각을 자책하는 일이 반복되었다. 최근에는 운전을 하다가, 밥을 먹다가 문득문득 휴대폰이 울리는 착각에 빠졌다. 할머니의 부고를 듣는 상상을 자주 했다. 당장 휴대폰이 울려도 담담하게 받을 수 있을 것 같다는 생각이 들 때도 있었다.

윤주는 오늘 100분에 40만 원짜리 마사지를 예약했다. 벤츠를 몰고 가도 처음에는 위축이 되었다. 남의 차를 끌고 온 게 티 나지 않을까, 의심하지 않을까, 욕하지 않을까, 그렇게 한 번, 두 번이 지나고 이제는 아무렇지 않았다. 처음에만 잠깐 힘들지 익숙해지면 아무렇지도 않아진다는 말. 그것이 도둑질이든 뭐든. 윤주는 그 말을 여러모로 체감하며 살고 있었다. 어차피 기옥은 모른다. 이 정도 돈쯤 사라져도 기옥에게는 큰 문제도 아니다. 게다가 나는 정말 열심히 기옥을 챙기지 않나. 이 정도는 괜찮다.

처음과 다르게 이제는 화장을 못 했어도, 머리를 감지 않았어도 당당해졌다. 뻔뻔해진 건가. 어쨌든 직원들은 속마음을 결코 드러내지 않는다. 비싼 곳일수록 더 그랬다. 안 좋은 기색이라도 내비친다면 클레임을 걸면 그뿐이다. 윤주는 자신이 불만을 드러낼 수 있는 위치가 될 수 있다는 게 신기했다. 말 그대로, 좋지도 싫지도 않은 이상한 기분. 뭐라 설명할 수 없는 기분. 자신도 힘이라는 걸 쓸 수 있다는 게, 자신에게 표정 관리를 하고 예의를 갖추고 깍듯이 대해주는 이들이 있다는 게. 그게 바로 돈의 힘이었다.

윤주는 마사지 숍에 올라가 종업원의 안내에 따라 보드라운 가운으로 갈아입었다. 미리 준비된 따뜻한 차를 마시며 민트 잎이 띄워진 뜨거운 물에 발을 담갔다. 직원이 세심하게 발을 씻겨주었다. 윤주는 자신의 발을 조심스레 다루는 직원을 바라보았다. 나도 당신이랑 비슷한 일을 한다고 말하면 이 사람은 뭐라고 할까. 어떤 표정을 지을까. 윤주는 말을 걸어보려다 그만두었다.

족욕을 마친 후 윤주는 1인용 마사지 룸으로 들어갔다. 룸 조명은 은은했고 온도와 습도는 완벽하게 맞춰져 있었다. 알몸으로도 춥지도 덥지도 않았고 건조하지도 습하지도 않았다. 날씨와 무관한 공간. 테라피스트가 들어와 공손하게 인사를 하고 윤주의 몸에 향이 좋은 오일을 바른 후 부드럽게 압력을 가했다. 목덜미와 어깨, 팔, 허리, 종아리……. 윤주는 스르르 잠이 들었다.

이곳에서의 100분은 금방 지나갔다. 윤주는 다시 옷을 갈아입기 위해 로커를 열었다. 벗어둔 옷에서는 안 좋은 냄새가 났다. 입고 다닐 때는 몰랐던 자신의 냄새. 윤주는 옷을 갈아입은 후 나른한 기분으로 로비로 내려왔다. 들어갈 때와 달리 얼굴에서는 광이 났고 입술은 촉촉했다. 몸에서 좋은 향이 났다. 기옥에게서 나던 향. 윤주는 천천히 주위를 둘러보았다. 마음이 느슨해져서인지 행동에도 여유가 생겼다. 윤주는 무언가 달콤한 게 먹고 싶었다. 윤주는 천천히 걸어 로비 안쪽에 있는 베이커리로 향했다. 베이커리에는 정교하고 예쁜 케이크와 디저트가 진열되어 있었다. 진한 초록색의 작은 말차 케이크가 눈에 들어왔다. 6만 8천 원. 윤주는 케이크를 포장해달라고 부탁했다.

차를 몰고 집으로 가는데 기옥에게서 전화가 왔다. 윤주는 가슴 한쪽이 뜨끔했다. 너 나한테 뭐 잘못한 거 없어? 기옥이 이렇게 묻는다면 어떤 대답을 해야 하나 상상을 많이 해보았다. 하지만 언제나 적절한 답을 찾지 못했다. 그런 날이 온다면,

그냥 끝이라고 생각했다. 윤주는 반사적으로 시간을 확인했다. 열 시 반. 윤주는 잠깐 고민했다. 받지 말까. 하지만 손은 이미 통화 버튼을 누르고 있었다. 윤주야.

윤주는 기옥의 이런 목소리에 익숙했다. 불안은 가시고 안도가 찾아왔다. 선생님, 괜찮으세요? 윤주는 대답을 듣기도 전에 기옥의 집 쪽으로 차를 돌렸다.

기옥의 집 주차장에 주차를 한 후 윤주는 짧게 한숨을 내쉬었다. 지금쯤 간절하게 자신을 기다리고 있을 기옥을 떠올리자 마음이 바빠졌다. 얼른 올라가야지, 생각하며 안전벨트를 풀었지만 나가고 싶지 않았다. 기옥을 좀 더 기다리게 하고 싶었다. 언제부턴가 이런 식으로 자신의 내부에서 서로 다른 욕망이 충돌하는 모습을 윤주는 가만히 지켜보았다. 오줌을 참는 기분. 윤주는 자신을 기다리는 기옥의 마음을 느끼며 옆 좌석에 둔 케이크 상자를 집어 들었다. 가져가서 기옥과 함께 먹을까? 좋아하는 기옥의 얼굴이 떠올랐다. 하지만 윤주는 상자를 열어 케이크를 끄집어냈다. 동봉된 플라스틱 칼로 케이크를 잘랐다. 포크가 없어 칼 위에 케이크를 올려 먹다가 받침을 들어 통째로 케이크를 베어 물었다. 코에 크림이 묻었다. 진하고 달콤한 맛. 윤주는 케이크를 입안 가득 밀어 넣고 꾹꾹 씹어 삼켰다. 어릴 때에도 이런 식으로 뭘 먹어본 적은 없었다. 매끈하고 단정한 모양의 케이크를, 마치 예의라는 것을 배우기 이전의 아이처럼, 굶주린 개처럼, 마구 씹어 삼키는 자신이 혐오스러운 동시에 만족스러웠다. 윤주는 손가락으로 케이크를 긁어 입에 쑤셔 넣었다. 고급스럽고 섬세했던 케이크는 쉽게 찌그러지고 부서졌다. 처음의 모습은 금방 사라지고 엉망이 되었다. 망가지는 건 한순간이지. 한순간이야. 그게 뭐든. 윤주는 칼에 붙어 있는 크림을 핥았다. 단단한 플라스틱이 혀에 닿았다. 윤주는 다른 게 하고 싶어졌다. 묶인 끈을 풀어헤치고 싶은 기분. 타인의 살을 자신의 몸 안에 넣고 싶은 기분. 보아서는 안 되는 것을 보고 싶은 기분. 윤주는 크림이 묻은 손가락을 입안에 넣고 빨았다. 시계를 보니 고작 10분 정도가 지나 있을 뿐이었다. 10분이면 무엇을 하기에도 충분한 시간이라는 걸 윤주는 알고 있었다. 그 시간이면 누군가 불에 타 형체를 완전히 잃어버릴 수 있는 시간이기도 했다. 윤주는 물티슈로 재빨리 손과 입을 닦은 후 밖으로 나와 차 문을 닫았다. 탁, 하고 닫히는 묵직한 소리는 언제 들어도 믿음직스러웠다.

윤주는 익숙하게 기옥의 집 비밀번호를 누르고 현관문을 열었다. 실내는 고요했다. 텔레비전 소리도, 음악 소리도 들리지 않았다. 기척도 없었다. 윤주는 거실을 가로질러 기옥의 방으로 가 형식적인 노크를 했다. 저 들어가요. 안에서는 답이 없었지만 윤주는 손잡이를 돌렸다. 문이 잠겨 있었다. 선생님. 기옥을 몇 차례 더 불렀고 문을 좀 더 세게 두드렸다. 119에 전화를 해야 하나. 불안함이 차오르는 순간 문이 열렸다. 왔구나. 미안. 졸았나봐. 기옥이 그림자처럼 서 있었다. 윤주는 안도의 숨을 내쉬었다. 선생님. 원망과 걱정이 섞인 목소리로 기옥을 불렀다. 미안.

악몽 꿨어요? 윤주의 물음에 기옥은 고개만 가로저었다. 기옥이 밤중에 콜을 할 때엔 둘 중 하나였다. 술을 많이 마셔서 완전히 취했거나 불안과 우울로 자살 충동이 심해졌거나. 전자는 크게 위험하지 않았다. 윤주가 도착하면 이미 잠들어 있는 때가 많았다. 후자는 조금 달랐다. 허벅지나 옆구리를 면도날로 그어 피를 흘리거나 수면제를 술과 함께 삼켜 쓰러져 있기도 했다. 둘 다 생명에는 지장이 없었지만 윤주는 그런 장면을 볼 때마다 가슴이 내려앉았다. 좀처럼 익숙해지지 않는 장면이었다. 의사는 비자살적 자해라고 했다. 죽을 마음은 없는 자해. 상처를 알코올로 소독해주면 기옥은 신음 소리를 내며 괴로워했다. 아프다며 얼굴을 윤주의 어깨에 묻었다. 사고로 다친 사람처럼.

왜 그랬어요? 윤주가 물으면 기옥은 작게 대답했다.

아픈 게 필요했어. 정신적 고통을 육체적 통증으로 잊기 위한 방법이라고 했지만 윤주에게 관심을 받기 위한 행동처럼 보이기도 했다. 스캔들 이후로 증상은 더 심해졌다. 기옥은 무대 위, 카메라 앞에서 빛을 발하는 사람이었다. 일이 줄어들고 갱년기 증상까지 겹치자 기옥의 상태는 점점 나

빠졌다. 윤주는 기옥을 반강제로 피트니스 센터에 밀어 넣었다. 정신과는 물론이고 한의원과 요가원도 함께 다녔다. 연극 제안이 들어왔을 때에는 기옥보다 윤주가 더 기뻐했다. 연습을 시작하고 공연을 하는 중에는 기옥의 컨디션이 몰라보게 올라와 윤주는 한시름 놓을 수 있었다. 하지만 기옥의 배역인 메리가 약물중독에 신경쇠약 증상을 보이는 우울한 여자라는 게 조금 걸렸다.

윤주는 특별한 일이 없을 때에는 기옥이 연습하는 모습을 지켜봤다. 거기 나오는 인물들은 하녀 한 명만 빼고 모두가 신경쇠약 환자들 같았다. 정상인은 연극에서 중요한 인물이 될 수 없었고, 하녀는 잠깐 나오고 말았다. 윤주는 사람들이 왜 저렇게 음울한 이야기를 좋아하는지 이해할 수 없었다. 돈을 내고 왜 굳이 저런 얘기를 보는지.

윤주는 기옥을 침대에 앉히고 기옥의 팔을 들어 이리저리 살폈다. 얇은 피부에 핏줄이 도드라진 손. 윤주가 자신의 팔과 손을 살피는 모습을 기옥은 물끄러미 바라보았다. 뭐 하셨어요? 윤주의 물음에 기옥은 힘없이 고개를 저었다. 뭐 안 했어. 그냥 무서웠어. 근데 약도 못 찾겠고. 그래서 방에 들어와서 문을 잠갔어. 사고 칠 거 같아서. 웬만하면 연락 안 하려고 했는데. 윤주는 기옥의 헝클어진 머리를 넘겨주었다. 무슨 말씀이세요. 당연히 부르셔야죠. 제가 하는 일이 뭔데요. 기옥은 윤주를 끌어안았다. 고마워, 너 아니었으면……. 윤주의 몸에 기옥의 몸이 닿았다. 점점 작아지고 있구나. 작고 보드라운 기옥의 몸을 느끼며 윤주는 할머니를 생각했다. 할머니는 지금쯤 잠들어 있을까. 윤주는 기옥의 어깨와 팔을 쓸어내리며, 간신히 살아 있을 할머니의 육체를 떠올렸다. 납작해진 육체 안을 천천히, 끈질기게 돌고 있을 붉은 피를. 눈을 감고 있던 기옥이 몸을 떼고 말했다. 너한테 좋은 냄새 난다? 향수 뿌렸어? 기옥의 눈이 호기심으로 반짝 생기를 찾았다. 아뇨, 그냥 씻었어요. 윤주가 얼버무렸다. 그래? 보통 때 나는 냄새가 아닌데. 이거 내가 아는 향인데. 윤주는 기옥에게서 떨어졌다. 얼른 약 드세요. 싱잉볼 연주 틀어드려요? 윤주는 마치 금방이라도 죽을 것처럼 무기력해하던 기옥이 냄새에 예민하게 반응하는 모습을 보자 속이 조금 메스꺼워졌다. 급하게 먹은 케이크 때문인 것 같기도 했다.

윤주는 기옥에게 약을 찾아다 주겠다고 하고 방을 나왔다. 냉장고에서 탄산수를 꺼내어 꿀꺽꿀꺽 마신 후 길게 트림을 하자 기분이 좀 나아졌다. 윤주는 뜨거운 물을 담은 컵에 스틸녹스 한 알을 잘게 부수어 넣었다. 약이 녹은 것을 확인한 후 차가운 물을 부어 미지근하게 만들었다. 컵을 들고 로라제팜 한 알을 더 챙겨 기옥에게 가져다주었다. 기옥은 약을 입에 넣고 미지근한 물을 마셨다. 윤주야, 잠깐만 내 옆에 있을래? 윤주는, 그럴까요, 하며 기옥의 옆에 누웠다. 베개에서는 희미한 체취가 났다. 청소하러 오는 도우미에게 침구 세탁을 부탁해야겠다. 또 뭐가 있더라. 다용도실 블라인드랑 창틀 청소. 윤주는 도우미에게 당부할 일들의 목록을 떠올렸다. 윤주의 손에 기옥의 손이 닿았다. 윤주는 고개를 돌려 기옥을 바라보았다. 자신의 손을 잡은 채 눈을 감고 있는 쇠락해가는 여자의 얼굴. 기옥의 날렵했던 턱선은 조금씩 무너지고 있었고 웃지 않을 때에는 처진 입꼬리가 한층 우울해 보였다. 하지만 여전히 기옥에게는 특유의 매력이 남아 있었다. 감정이 쉽게 녹아드는 눈동자와 날렵한 콧대, 그리고 중저음의 목소리와 타고난 듯 우아하고 관능적인 몸짓, 비록 의술의 도움을 받기는 했지만 60이 가까워오는 나이에도 뽀얗고 매끄러운 살결. 윤주는 흉내 낼 수도 없었다. 윤주에게 기옥은 다른 종처럼 여겨졌다. 윤주는 자신이 기옥의 나이가 되면 어떻게 달라져 있을지 두려웠다. 20년쯤 지나면 나는…… 추하겠지. 어쩌면 살이 쪄서 펑퍼짐하게 늘어질지도. 기옥 역시 점점 흐려질 것이다. 하지만 나는 이미 흐리다. 태생이 그랬던 것 같다. 유전인가? 내가 어쩌지 못하는 희미함. 그런데, 그때까지 내가 살아 있기나 할까. 기옥이 손에 힘을 주었다. 윤주도 손에 힘이 들어갔다. 기옥이 눈을 떴다. 기옥은 윤주를 향해 돌아누워 다른 손으로 천천히 윤주의 얼굴을 쓰다듬었다. 좋겠다, 너는.

뭐가요?

젊어서. 근데 넌 그걸 잘 모르는 거 같아.

윤주도 기옥의 얼굴에 손을 올렸다. 기옥은 윤

주의 손을 피하지 않았다. 지금쯤 약 기운이 퍼졌을 것이다. 기옥은 지금 하는 말과 행동을 기억하지 못할 것이다. 우리가 꾸는 줄도 모르고 꾸었던 수많은 꿈처럼. 기옥의 피부는 부드러웠지만 탄력이 없었다. 윤주가 기옥의 얼굴 가까이로 더 다가갔다. 선생님도 아름다우세요. 기옥이 윤주를 가만히 바라보다 품, 하고 웃었다. 기옥의 입에서 악취가 났다. 윤주는 잠깐 숨을 참았다가 말했다. 진짜예요. 기옥은 윤주의 손을 밀치고 몸을 돌려 천장을 바라보고 누웠다. 그리고 길게 한숨을 내쉬었다. 나는 실패했어.

선생님만큼 성공한 사람이 몇이나 되게요.

나는 실패야. 실패작.

수면제를 먹고 기옥은 엉뚱한 소리를 잘 늘어놓았다. 스틸녹스의 부작용이었다. 윤주가 했던 말은 물론이고 자신이 했던 말도 잘 기억하지 못했다. 하지만 스틸녹스는 가장 빠르게 잠에 들게 해주었다. 평소의 윤주라면 기옥의 넋두리를 그저 그렇게 넘겼을 것이다. 기옥이 얼른 잠들어 퇴근하는 것이 목표였기 때문에. 하지만 이날만큼은 기옥의 말이 윤주를 건드렸다. 실패작? 머릿속의 작은 스위치가 깜빡 켜졌다. 나는 네가 부러워. 근데 넌 그걸 모르더라. 피로가 천천히 화로 달구어졌다. 윤주는 입을 꽉 다물었다. 욕이 밖으로 새어 나오지 않도록. 대신 윤주는 기옥의 손을 쥐었다. 점점 세게. 아파, 아프다고. 기옥이 인상을 쓰며 손을 뺐다. 선생님, 이게 아파요? 이게요? 제가 부럽다고요? 선생님을 부러워하는 사람도 많아요. 그러니까 제발…… 힘내세요. 윤주가 감정을 감추고 말했다. 그건 쉬운 말이지. 뭘 모르고 하는 말. 기옥은 기운 없는 목소리로 말한 뒤 눈을 감았다. 나 잔다. 곧이어 기옥의 고른 숨소리가 들렸다. 윤주는 작게 혼잣말을 했다.

선생님은 실패가 무슨 의미인지 모르는 거 같아요.

네가 잘 모르는 거 같은데.

잠든 줄 알았던 기옥의 대답에 윤주는 움찔했다. 기옥이 소곤거리듯 웃었다. 나 진짜 자. 이 기분. 잠은 참 좋은 거야. 너도 자고 가.

……싫은데요. 저 집에 갈래요. 윤주가 말했지

만 기옥은 그새 완전히 잠에 빠져들었다. 윤주는 깊게 숨을 내쉰 후 눈을 감았다. 기옥의 베개와 침대는 말할 수 없이 편안했다. 매트리스는 단단하면서도 포근하게 몸을 지탱해주었다. 베개는 적당한 높이로 완벽하게 목을 감쌌다. 윤주는 나른한 상태로 생각에 빠졌다. 이런 베개는 얼마쯤 할까. 베개 정도는 나도 살 수 있지 않을까. 도대체 이런 침대에서 어떻게 불면증이라는 게 생기는 걸까. 하지만 매일 누우면 그걸 모를 수도 있겠지. 그럴 수도 있겠다. 게다가 기옥은 너무 많은 일을 겪었으니까. 기옥의 고독과 상처를 얼마쯤은 이해했다. 다만, 그렇게 된 데에는 기옥의 책임도 있지 않은가. 자업자득. 이렇게 생각하는 내가 좀 가혹한가. 윤주는 눈을 떴다. 천장에는 기하학적인 모양의 등이 길게 내려와 있었다. 윤주는 어둠 속에서 희미하게 보이는 등을 응시했다. 문득 상호의 얼굴이 떠올랐다. 파랗고 노랗게 멍든 얼굴로 윤주를 올려다보던 멍한 얼굴. 하지만 상호는 멍청하지만은 않았다. 상호는 자신이 남들에게 어떻게 보이는지 너무 잘 알고 있었다. 윤주는 상호와 나누었던 대화를 떠올려보았다. 상호는 태인에 대한 말은 거의 하지 않았다. 침울해 보였고 자책을 하기도 했지만 슬퍼 보이지는 않았다. 사고가 난 후 얼마 지나지 않아 만났을 때에도 동요하거나 울지 않았다. 좀 의아한 구석이 있었지만 사고를 당해 정신이 없었을 테고, 원래도 감정을 잘 드러내지 않는 녀석이니 그럴 수 있다고 생각했다. 상호는 전에 한번 윤주 앞에서 태인의 욕을 한 적이 있다. 저 새끼, 저 개씹새끼. 평소에 욕을 잘 하지 않던 상호였기에 윤주는 그때 좀 놀랐다. 처음 듣는 말투가 신기해서 윤주는 소리 내어 웃었다. 귀엽다고 생각했던 것도 같다. 그때의 그 얼굴과 좀 전에, 내가 바보야? 라고 말하던 상호의 얼굴이 겹쳐졌다. 내가 바보야? 개,씹,새,끼,내,가,바,보,야? 윤주는 마치 자신이 상호가 된 것처럼 단어 하나하나 꼭 꼭 씹으며 마음속으로 발음해보았다. 망상이다. 이것은 망상. 스틸녹스는 기옥이 먹었는데 왜 내가. 정신병자 옆에 있으니 나까지 미쳐가는구나. 윤주는 가만히 몸을 일으켰다. 기옥은 완전히 잠에 빠져 가늘게 코를 골았다. 아까는 잠든 척을

한 것일까. 내가 무슨 말을 하는지 살피려고? 늙으면 교활해진다더니…… 아니다, 이것도 망상일 뿐이다. 윤주는 그동안 자신이 잠든 기옥 옆에서 무슨 말을 했는지 떠올려보았다. 윤주는 기옥이 기억하지 못한다 해도 욕설이나 하기 민망한 이야기를 보복하듯 내뱉은 기억은 없다. 해보려고 해도 잘 되지 않았다. 그것도 해본 사람이나 잘하는 거겠지. 잠에 빠진 기옥의 얼굴은 무방비 상태였다. 베개는 푹신하고 무게감이 있었다. 그리고 기옥은 기운이 없다. 도대체 혼자 자면서 킹사이즈의 침대에 베개는 또 왜 이렇게 많이 필요한 걸까. 윤주는 자신이 베었던 베개를 물끄러미 내려다보았다. 묵직하고 안정감 있는 사이즈. 숨이 멎을 때까지 10분이면 충분할 것이다. 아니, 10분도 되기 전에 끝날 것이다. 그것이 기옥이 원하는 것 아닌가. 하지만 부검을 하면 들킬지도 모른다. 자신이 들어온 것이 CCTV에 고스란히 녹화되어 있을 테고. 하지만 기옥은 우울증을 앓고 있었고 죽고 싶다는 말을 자주 했다. 부고가 나가도 사람들은 의심하지 않을 것이다. 어쩌면 기옥은 윤주 자신에게 고마워할 수도 있겠다는 생각이 들었다. 죽은 사람은 말이 없지. 말하고 싶어도 못 하지. 생각의 끝에 태인의 얼굴이 떠올랐다. 윤주는 이어지는 망상을 털어버리려고 머리를 흔들었다. 윤주는 문득 기도라는 게 하고 싶어졌다. 하지만 누구의 이름을 불러야 할지 알 수 없었다. 하느님? 부처님? 알라? 그런 이름들을 떠올리는 순간 기도는 멀어지는 것 같았다. 신의 이름을 진심으로, 간절하게 부를 수 있는 이들이 부러웠다. 윤주는 조용히 침대에서 내려와 방을 빠져나왔다.

 윤주는 손님방으로 가 누웠다. 기옥의 집에서 자야 할 때면 항상 쓰는 방이었다. 손님방의 침대는 기옥의 침대만큼 크지도, 편하지도 않았다. 베개도 달랐다. 그래도 윤주의 것보다는 훨씬 좋았다. 기옥은 자고 가라는 말을 습관처럼 했지만 함께 살자는 말은 농담으로도 하지 않았다. 기옥이 그런 제안을 하면 받아들여야 하나 말아야 하나 혼자 고민했던 자신이 우스웠다. 나도 뭐, 싫다, 하고 입을 삐죽일 때도 있었지만 이 집에 사는 상상을 자주 했던 것도 사실이었다. 윤주는 뒤척이다 일어나 기옥의 드레스 룸으로 향했다. 이 집에서 두 번째로 큰 방이 드레스 룸이었다. 윤주는 방에 들어가 불을 켜고 익숙한 듯 주위를 둘러보았다. 양쪽으로 기옥의 옷이 빼곡하게 걸려 있었고 중앙에는 액세서리를 보관하는 커다란 테이블 형 서랍장이 있었다. 맞은편 벽에는 100켤레가 넘는 구두와 다양한 가방이 진열되어 있었다. 윤주는 가까이 다가가 구두와 백을 찬찬히 살폈다. 구두는 굽이 10센티 정도 되는 것들이 반 이상이었다. 기옥은 종종 힐을 신었다. 하지만 예전처럼 오래 신고 있지는 못해서 윤주는 항상 운동화나 슬리퍼를 비상으로 가지고 다녔다. 윤주는 힐을 신어본 적이 거의 없었다. 고등학교 때부터 아르바이트를 했고, 언제나 오래 서 있거나 많이 걸어야 했다. 윤주는 스트랩이 달린 검은 하이힐을 꺼내 발을 넣어보았다. 기옥의 발이 윤주보다 반 사이즈 컸다. 윤주는 힐을 신은 자신의 발을 내려다보았다. 날렵하고 우아한 앞 코가 윤주의 투박한 발가락을 가려 세련되게 만들어주었다.

  윤주는 힐을 신은 채 마치 쇼핑을 하는 사람처

럼 옷걸이에 걸린 옷들을 살폈다. 이제는 낯익은 것들이었으나 윤주의 것은 아니었다. 윤주는 시계와 액세서리가 진열되어 있는 서랍장 앞에 가서 섰다. 맨 위 칸은 유리로 되어 있어 고가의 시계와 반지, 팔찌 따위가 잘 보였다. 천천히 서랍을 열어 보석이 박힌 시계를 꺼냈다. 이게 얼마랬더라. 지금 윤주가 살고 있는 투룸 전세 가격과 비슷하다고 들었다. 시계를 팔에 찼다. 차가운 금속이 팔에 닿자 아랫도리가 간질간질했다. 다이아몬드가 촘촘하게 박혀 있는 팔찌도 꺼내어 찼다. 아래 서랍에는 선글라스와 스카프 따위가 정리되어 있고 더 아래에는 잘 사용하지 않는 액세서리가 빼곡하다는 것을 윤주는 이미 알고 있었다. 윤주는 상앗빛 테로 둘러진 선글라스를 꺼내어 전신 거울 앞에 섰다. 이 거울이 기옥을 비출 때면 윤주는 옆에서 기옥의 요구를 들으며 이런저런 시중을 들어야 했다. 너무 잘 어울리세요. 완전 찰떡이에요. 윤주는 거울 속의 자신을 바라보았다. 힐을 신고 있으니 몸매가 달라 보였다. 다리는 길어졌고 엉덩이와 가슴은 도드라졌다. 선글라스는 영 어울리지 않았다. 윤주는 기옥이 방에서 자고 있다는 사실을 떠올렸다. 신중한 윤주로서는 조금 불안하긴 했으나 기옥이 일어나서 이곳에 올 확률은 제로에 가까웠다. 윤주는 한동안 그렇게 방을 돌아다니며 이것저것 걸쳐보다 힐을 벗었다. 바닥에 발이 착 붙는 순간 마차가 호박으로 펑, 변하는 느낌이었다. 불과 10센티 힐에 올라갔다 내려왔을 뿐인데 키와 몸매는 원래대로 돌아왔고 윤주는 초라해졌다. 시계와 팔찌와 선글라스를 원래 자리에 돌려놓았다. 불을 끄고 방을 나오려다 윤주는 다시 진열장의 서랍을 열었다. 시계 몇 개를 꺼내어 다른 시계들과 자리를 바꾸었다. 기옥이 알아차릴까. 아마 모르겠지. 만약에 알아차린다면? 무섭겠지. 하지만 요즘의 기옥이라면 자신의 기억을 의심할 것이다. 윤주는 빙그레 웃었다. 장난을 끝내고 마지막 서랍을 열었다. 또 다른 귀걸이와 반지와 팔지, 목걸이, 시계 들이 빼곡했다. 윤주는 그것들을 자세히 들여다보았다. 유행이 지난 볼드한 디자인부터 오래되어 변색된 은제품까지 다양했다. 딱 하나만 고르자, 하나만. 그렇게 마음을 먹자 설렜다. 마치 누가 선물로 골라보라고 한 것처럼. 어차피 기옥은 여기 있는 것들은 착용하지도, 아니, 있는지도 모르는 것들이었다. 없어져도 모를 것이다. 서랍을 열기나 할까. 윤주는 중량이 꽤 나가 보이는 금팔찌와 빨간 루비가 박힌 반지 사이에서 고민했다. 팔찌는 팔면 돈이 꽤 될 테고 반지는 디자인이 마음에 들었다. 윤주는 팔찌를 들었다가 내려놓고 반지를 꺼내어 주머니에 넣었다. 손바닥에 땀이 났다. 불을 끄고 문을 여는데 문 앞에 기옥이 서 있을까 조금 두려웠다.

조심스레 방으로 돌아온 윤주는 침대에 누워 반지를 껴보았다. 검지에는 조금 작았고 약지에는 조금 컸다. 상관없었다. 새것이 아니라 기옥의 것이라 더 마음에 들었다. 전리품 같기도 했다. 무엇보다 히스토리가 있는 물건이라서 좋았다. 이 반지는 누구에게 받은 것일까. 연인일 수도 있고 기옥이 산 것일 수도 있다. 이제 그것을 내가 가졌다. 어느 날 기옥이 문득 이 반지가 떠올라 온 집 안을 뒤지는 날이 올까. 하지만 결국 찾지 못하겠지. 윤주는 마치 소중한 이가 자신만을 위해 고심해서 고른 선물을 받은 듯한 착각에 빠졌다. 흡족했다. 오늘 밤은 기억될 것이다. 그런데 왜 나는 굳이 하나만 고르려고 애썼을까. 팔찌와 반지 둘 다 가져도 별문제 없었을 텐데. 뒤늦은 깨달음이 찾아왔지만 윤주는 여러 개를 고를 수 있는 삶을 알지 못했다.

 윤주는 기옥의 드레스 룸이 자신의 것이 되는 상상을 했다. 기옥이 사라지면 이 집과 물건들은 모두 누구의 소유가 되는 걸까. 부드럽고 광택이 좋은 르코르뷔지에 소파와 빈티지 테이블, 고급스러운 침대와 넓은 욕실. 죽은 사람이 쓰던 침대는 아무도 쓰려하지 않겠지. 나는 그런 것쯤 상관없는데. 잘 쓸 수 있는데. 루머에 의하면 기옥에게는 사생아가 있다고 했다. 하지만 윤주는 믿지 않았다. 윤주가 옆에 있는 동안 그런 기미는 한 번도 느끼지 못했다. 직접 물어볼까. 윤주는 기옥의 사후를 세심하게 따져보는 자신을 발견하자 문득 끔찍해졌다. 자야 한다. 내일은 오전부터 할 일이 있다. 기옥을 깨워서 밥을 먹이고 정신과 진료를 보러 가야 한다. 그 뒤에는 피트니스 센터에…….

피트니스 센터 주차장에서 담배를 피우는 태인을 본 적이 있다. 태인과는 연습실에서 마주치면 인사를 하는 정도였다. 그런데 그날은 그가 말을 걸어왔다. 저기, 이름이 뭐랬지? 안윤주입니다. 어디 안 씨에요? 광주 안 씨라고요? 나랑 같네? 광주 안 씨 드문데. 내 본명이 안태훈이에요. 태인은 윤주에게 손을 내밀며 아버지 이름을 물었다. 같은 항렬이네? 집안 형님이시고만. 태인은 웃으며 윤주의 어깨를 쳤다. 반가워요, 조카딸. 윤주는 조카딸 같은 소리 한다고 생각했지만 웃으며 고개를 숙였다. 윤주가 별말이 없자 태인은 머쓱했는지 지갑을 꺼내 5만 원짜리 몇 장을 쥐어주었다. 현금이 이것밖에 없네. 삼촌이 용돈 주는 거니까 받아요. 윤주는 몇 번 사양하다가 못 이기는 척 받아 넣었다. 어깨를 친 값이라고 생각하기로 했다. 그 일이 있은 후 윤주는 태인이 친밀하게 굴까봐 은근히 신경이 쓰였다. 하지만 태인은 그런 일이 있었다는 사실을 잊은 사람처럼, 윤주가 인사를 해도 전과 다를 바 없이 고개만 까딱일 뿐이었다.

태인은 연극적인 사람이었다. 태인은 현실에서

도 지나치게 연극적으로 말하고 행동한다는 인상을 풍겼다. 아니면 아예 입을 닫고 눈길을 피한 채 조용히 사라지거나. 상호의 말로는 조울증 환자 같다고 했다. 잠을 못 자거나 술을 마시면 미친놈처럼 굴 때가 많다고 했다.

내가 약 좀 줄까?

처음에 윤주는 농담처럼 말했다. 기옥에게는 처방 받은 스틸녹스가 꽤 있었고 기옥의 모든 약은 윤주가 관리했다. 이후에 상호에게 스틸녹스 몇 알을 건네면서도 위험할 거라는 생각은 전혀 하지 못했다. 내과에서도 처방 받을 수 있는 수면제였으니까. 술과 함께 먹거나, 과용을 하면 위험하다고 했지만 그거야 대부분 약들이 그런 거 아닌가 생각했다.

태인의 사고 소식을 들었을 때 윤주의 머리에 가장 먼저 떠오른 것은 그 작고 하얀 알약이었다. 내가 얼마나 줬더라. 설마 그게 문제가 됐을까. 그럴 리가 없다. 하지만 상호가 술에 취한 그에게 몰래 먹였다면……. 윤주는 이마를 찌푸렸다. 설사 그렇다 해도 그건 살의와는 무관하다. 아니, 이건 어디까지나 나의 가정일 뿐이다. 윤주는 눈을 감았다. 이어서 또 하나의 이미지가 떠올랐다. 그의 지갑. 접히는 부분의 가죽이 나달거리는 낡아빠진 검은색 지갑. 그 지갑을 열던 도톰한 손가락과 납작한 손톱들. 지금은 그 모든 게 불에 타 재가 되었다. 축축한 눈알과 둥그런 어깨와 침을 튀기던 혀까지 모조리 타버려 뼈와 치아만 남았을 것이다. 그런 상상을 하자 소름이 돋았다. 게다가 거기에는 상호가 함께 있었다. 내가 상호였다면. 내가 운전하던 차에 불이 붙었다면 나는……. 나는 어떻게든 기옥을 밖으로 끌어내려 했을 것이다. 아무리 위급한 상황이었다 해도 기옥을 두고 혼자 빠져나와 불타는 기옥을 바라보고 있을 수만은 없었을 것이다. 정의롭거나 용감해서가 아니라 본능적으로 그렇게 했을 것이다. 그러다 함께 타 죽는다 해도. 혼자 살아 나와 그 기억을 안고 살아가느니 그 편이 나았다. 그렇다고 상호를 이해하지 못하는 건 아니었다. 태인은 나를 기억하고 있었을까. 기억하고 있었겠지만 잊은 것과 다름없는 존재였을 거라고 윤주는 생각했다. 자신은 그런 사람이라고. 그것이 싫다고, 저주라고 생각했는데 지금은 오히려 편했다. 사람들 사이를 물처럼 지나다닐 수 있는 희미한 존재라는 것이 윤주에게 때때로 안도감을 주었다.

 윤주는 기옥을 위하는 척하다가 자신이 정말 그렇게 되어버렸다는 사실을 깨달았다. 눈앞의 기옥을 보면 어쩔 수 없이 챙기게 되었다. 사라졌으면 하는 만큼 이제는 동화되어버렸다. 그렇게 되어버렸다. 그래서, 그렇기 때문에 윤주는 기옥을 해하고 싶기도 했다. 윤주는 자신이 괴물인가, 종종 생각했다. 그러면서도 동시에 기옥이 오래오래 살길 바랐다. 아주 오래오래 살아서 완전히 빛을 잃어버릴 때까지 살아가기를. 피부가 흘러내리고 머리털이 듬성듬성해져 아무도 못 알아볼 때까지. 윤주가 없으면 거동조차 할 수 없을 때까지. 하지만 내가 그렇게 오래 살아 그 모습을 볼 수 있을까. 때때로 누군가 윤주의 내부를 빤히 바라보고 있는 기분이 들 때가 있었다. 지금이 그러했고, 윤주는 이불을 목까지 끌어올린 후 감은 눈에 힘을 꾹 주었다.

3

 형사에게서는 부드럽고 향긋한 세제 향이 났다. 저 사람에게는 아내가 있구나. 상호는 세탁한 옷을 내미는 형사의 아내를 그려보았다.

 그래서, 그날 밤 우태인 씨가 별장으로 가자고 했다는 말씀이시죠.

 형사의 물음에 상호는 고개를 끄덕였다. 목부터 등까지 통증이 퍼져나갔다. 아파서 인상을 쓰면 얼굴이 욱신거렸다. 안 아픈 곳이 없었다.

 아시겠지만 블랙박스까지 다 타버려서 이상호 씨 진술이 중요합니다.

 블랙박스까지 다 타버렸다는 말을 강조하는 것

처럼 들렸다. 상호는 자신도 모르게 그의 눈길을 피했다. 그때 그의 시선을 피한 것을 상호는 나중에 후회했다.

형사는 몇 가지 질문을 더 했고 상호는 담담하게 자신이 아는 바를 진술했다. 형사는 상호의 말을 받아 적은 후 낮게 한숨을 쉬고 검지로 코끝을 긁었다. 일단 몸부터 잘 추스르세요. 본인도 힘드시겠지만 절차라는 게 있으니까. 형사는 몸을 일으킨 후 상호에게 인사를 했다. 상호는 누군가가 자신에게 인사를 하는데도 침대에 누워 있는 게 어색했다. 아, 그런데 부검을 원하시더라고요.

누가요?

가족분들이.

상호는 멍한 눈으로 형사를 바라보았다. 형사는 상호의 눈을 잠깐 응시했다. 상호의 눈 뒤에 뭐가 있는지 읽을 수 있다는 듯 가만히 바라보고는 싱긋 웃었다.

맞아요. 완전히 타버렸죠. 완전히. 뭐 나올 것도 없는데.

장례식을 한다고 들었는데……

부검은 소용없다고 제가 말렸습니다. 그날 인사 불성이었다는 증언도 일치하고. 발인하면 화장을 할 거고요.

그래서, 사모님이 수락하셨나요?

사고잖아요. 불에 탔는데 또 화장하는 게 좀 그렇긴 하지만.

……제가 의심을 받나요?

12대 과실이 아니면 형사처분은 안 될 확률이 크긴 합니다. 유가족들이 민사 넣을 수도 있지만. 그건 뭐 나중 일이고. 일단 쾌차하십시오.

형사가 떠난 후 상호는 휴대폰으로 12대 과실을 검색해보았다. 거기에 해당하는 일은 없었다. 이어서 보험 관련 검색을 해보았다. 검색창에 동승자 사망 시 보험, 이라고 치자 관련 문서가 주르륵 떴다. 문서를 읽다 보니 가해자와 피해자라는 말이 계속 나왔다. 상호가 운전을 했고 동승자인 태인이 사망했으므로 가해자는 상호, 피해자는 태인이었다. 자차 보험에 가입이 되어 있으니 상호가 배상을 해야 할 일은 없을 것이다. 동승자가 사망했을 시에는 형사처분이 가능하고, 피해자 유족이 가해자에게 민사소송을 제기할 수 있다……. 상호는 갈비뼈를 타고 통증이 올라오는 것을 느꼈다. 태인의 아내 얼굴이 떠올랐다. 그 후로 여러 번 검색창을 살핀 끝에 동승자가 운전자에게 해를 가했을 경우에는 운전자가 피해자가 될 수도 있으며 그럴 경우에는 보험금 및 위자료를 동승자에게 청구할 수도 있다고 했다. 상호는 침대에 가만히 누워 곰곰이 그날을 떠올렸다.

상호에게도 꿈이 있었다. 누구에게도, 어쩌면 자기 자신에게조차도 말한 적은 없었지만 배우가 되고 싶었다. 어린 시절, 크리스마스나 생일에 부모는 상호를 문구점이나 시장에 데려갔다. 거기서 갖고 싶은 걸 골라보라고 했다. 상호는 간절히 원했던 프라모델이나 끈으로 묶는 나이키 운동화 대신 노트 묶음이나 필통, 시장에서 파는 벨크로가 달린 운동화를 골랐다. 엄마는 의문이 깃든 눈으로 물었다. 정말 이걸 갖고 싶어? 이거면 돼? 상호는 고개를 끄덕였다. 상호야, 정말 갖고 싶은 걸 말해. 그래도 돼. 엄마의 말에 상호는 엄마의 손을 잡으며 웃었다. 이게 좋아요. 진짜야. 그리고 떡볶이랑 순대도 먹고 싶어요. 네? 아이스크림도. 상호는 눈치가 빠른 아이였다. 떡볶이와 순대를 먹으며 왠지 슬퍼져 눈물이 날 것 같았지만 아, 매워, 하며 휴지로 땀을 닦는 척하며 다른 생각을 하려 애썼다. 일찌감치 부모를 배려할 줄 아는 사려 깊은 아이였다. 하지만 지금도 상호는 무언가를 간절하게 원하는 마음을 모른 척했다. 누가 강요한 적도 없는데 계속 이러는 걸 보면 타고난 건가 생각할 때도 있었다. 같은 환경에서 자란 동생은 상호와 영 딴판이었기에 역시 선천적인 기질이라고밖에 여길 수 없었다. 상호는 그림을 그릴 때조차도 정말 그리고 싶은 것은 그리지 않았다. 가장 그리고 싶은 로봇을 반복해서 그려도 되는데 그런 생각을 하지 못했다. 나중에 그려야지, 하고만 생각했다. 무언가를 사고 싶어도 그것보다 실용적인 것을 골랐다. 나중에 사야지. 누군가를 좋아해도 고백하지 못했다. 애타는 마음이 드는 상대보다 자신을 편안하게 해주고 먼저 관심을 보이는 사람을 만났다. 그런 선택을 하는 편이 당장은 편했다. 마음을 아껴두자. 언제나 상호는 자신이 미완성이라고 생각했고 어느 정도 완성이 되면 원하는 것을 하리라 믿었다. 학교를 다니면서는 연극반이나 영화반에 들어가고 싶었지만 주위만 맴돌다 말았다. 고등학교를 졸업한 이후로는 적절한 타임 라인에서 아예 벗어나버린 기분이 들었다. 대학을 미루었고 군대를 미루었다. 결국 돈 때문이었는데, 공사 현장에 나가 일당을 벌기 시작한 게 문제였을까. 한 달만 더, 한 달만 더, 하다가 늦어버렸다. 돈은 벌어서 가족들 생활비에 보탰고 그것에 보람을 느꼈다. 그런 걸로 보람을 느끼다니. 이제와 돌이켜보면 멍청하게 시간 낭비를 한 것 같았다. 그렇게 계속 미루는 것이 습관이 되어버렸다. 그러다 보니 언제부턴가 시작에 앞서 늦어버렸다는 생각이 먼저 들었다. 지나고 나서 떠올려보면, 그때는 전혀 늦은 것이 아니었는데, 이미 늦었다, 지금은 이미 안 된다고 지레 포기하며 살았다. 그래봤자 20대였는데. 상호는 자신이 왜 그렇게 되었는지 원인을 짚어보려 했다. 역시 타고난 성정과 환경이라는 생각이 들었다. 원래 이렇게 생겨먹은 데다가 가난한 집에 태어났기 때문에. 그것이 번번이 잘못된 선택을 하게 된 원인 같았다. 의지와 무관하게 나를 이루는 것들. 그것 말고는 다른 결론을 내릴 수 없었다.

군대에서 만난 후임의 소개로 서른이 넘어 처음 매니저 일을 하게 되었을 때 상호는 매일 출근하는 곳이 엔터테인먼트 회사라는 사실이 몹시 설렜다. 연예인들과 함께 일한다는 것만으로도 오랫동안 간직하고 있던 꿈에 가까이 다가간 기분이었다. 부모는 상호의 일을 못마땅해 했다.

너도 앞으로 좀 안정적으로 살아야지. 그거 힘만 들지 나중에 뭐 되나.

아버지의 말 뒤에 미장일을 하면 일당 30만 원을 벌 수 있는데, 그걸 계속해야 생활비를 보태줄 수 있지 않느냐는 의미가 숨어 있다는 걸 상호는 잘 알고 있었다. 하지만 모르는 척하기로 했다. 더이상 미루고 싶지 않았다. 정확히 뭘 미루고 있냐고 묻는다면 명확하게 대답할 수 없었으나 어쨌거나 삶 자체를 미룬다는 기분으로 살다 늙어버리고 싶지 않았다. 하지만 여전히, 상호는, 늦었다고 생각했다. 이미 늦었다. 내가 연기를 한다고 나서면 모두 비웃을 것이다. 나조차도. 그럼에도 상호는 틈만 나면 거울을 보며 태인의 목소리와 표정을 따라 해보았다. 코를 좀 높여볼까. 교정이라도 해볼까. 이미 늦었지. 하지만 태인도 완벽한 얼굴은 아니지 않은가. 극단에 들어가 볼까. 하지만 역시, 시작하기에는 늦었지.

1년 전, 태인은 영화 촬영을 하느라 지방에서 보내는 시간이 많았다. 상호는 태인을 태우고 자주 촬영장과 서울을 오갔다. 때로는 태인이 부탁한 일을 하기 위해 홀로 고속도로를 달렸다. 한밤중일 때도 있었고 새벽일 때도 있었다. 당시 촬영에 들어간 영화는 '안개주의'라는 제목의 스릴러 영화였다. 형사과 살인범의 갈등이 주요 서사 라인이었고 태인은 투톱 주연으로 발탁되었다. 작품에 들어가면 태인은 예민해졌다. 작품을 하지 않을 때 태인은 조용하고 무디게 지냈다. 낚시를 하거나 책을 읽으며 시간을 보냈고, 가족들과 여행을 다니기도 했다. 하지만 작품을 하게 되면 일상의 삶과 멀어졌다. 그건 반쯤은 태인의 의도였고, 나머지는 본능이었다. 심지어 일을 하기 시작하면 주위 사람들에게 무슨 말을 하고 어떤 요구를 하는지 스스로 깨닫지 못하는 것처럼 보일 때가 많았다. 그러다 술을 마시거나 밤샘 촬영을 마친 후 집으로 돌아갈 때면 상호에게 조용히 말을 걸고는 했다.

상호야, 그거 알아? 넌 정말 좋은 사람이야. 아마 나를 이해 못하겠지만, 그래도 넌 좋은 놈이다. 그걸 잊지 마.

상호는 그 순간만큼은 마음이 풀렸다.

태인의 집안은 연예계와 인연이 많았다. 아버지는 연극계의 원로 연출가였고, 고모는 7, 80년대 영화계에서 활약했던 배우였다. 예술계에 몸담고 있는 사촌도 많았다. 하지만 태인은 그들과 묘한 괴리감을 느꼈다. 남들이 보기에는 타고난 배우일 수밖에 없는 환경에서 나고 자란 복 받은 배우였다. 사람들이 그렇게 느끼는 게 보였고 그건 태인이 어찌지 못하는 부분이었다. 하지만 정작 태인은 그렇게 느끼지 못했다. 집안 배경 때문에 자신의 어떤 부분이 항상 가려져 있는 느낌이었다. 배부른 소리 하지 말고 더 열심히 해. 아버지는 항상 그렇게 말했다. 배부른 소리. 태인은 속으로 비웃었다. 아버지 덕에 배부른 적이 한 번도 없었다고 생각했기 때문이었다.

태인은 줄곧 연극판에서 생활했다. 그러다 마흔이 넘어 소위 말하는 성공가도를 달리기 시작했다. 태인은 마른 몸에 키가 컸고 눈매는 서글서글해서 웃으면 더없이 선한 인상이었으나 웃지 않을 때에는 매서워 보이는 구석이 있었다. 덕분에 다양한 역할을 소화할 수 있었다. 그러다 가족 코미디 영화가 흥행에 성공하면서 태인의 몸값은 수직 상승했다. 출연료는 단번에 억 단위가 되었는데, 주연이 아니었기에 흥행에는 크게 부담을 갖지 않아도 되었다. 태인은 지난했던 연극배우 생활을 불과 3, 4년 만에 깔끔하게 청산했다. 더 이상 아내나 처가의 눈치를 볼 필요가 없어졌다.

출연료 때문이 아니라도 영화만의 매력은 분명히 있었다. 연극과 달리 다양한 각도에서 자신의 모습을 어필할 수 있었고, 필름과 그래픽을 통해 만들어지는 장면들은 연기를 훨씬 풍부하게 만들어주었다. 호흡을 짧고 집중력 있게 가져갈 수 있는 것도 마음에 들었다. 그럼에도 무대가 계속 끌렸다. 연극에서만 가능한 시간성, 장소성을 태인은 사랑했다. 어쩌면 중독에 가까운 건지도 몰랐다. 공연 시간에만 가능한 그 무엇. 잠깐 딴마음을 먹다 대사를 바꿔버린다거나, 넘어진다거나, 그러면 그 회 공연은 망치는 것이다. 되돌릴 수 없다. 컷이나 NG는 불가능했다. 그런 긴장감과 현장성이 태인의 피를 돌게 했다. 결국 태인은 영화를 하면서도 항상 연극에 대한 갈증을 안고 살았다. 하지만 아내는 태인이 연극 이야기를 하면 이제는 얼굴이 굳어졌다. 아내인 혜림은 연극을 싫어하는 게 아니라 태인이 20년간 연극을 하며 일으켰던 문제들을 싫어하는 거라고 또박또박 이야기했다. 얇고 빨간 입술이 움직이는 모습을 보면 태인은 언젠가부터 몸이 근질근질해졌다. 분명 어딘가가 근질근질한데 어딘지 정확히 알 수 없어서 긁을 수는 없는 미칠 것 같은 기분. 하지만 반박할 수는 없었다. 태인이 저질렀던 실수들은 명백했기 때문에. 여배우들과의 떳떳하지 못한 관계가 있었고, 관계자들과의 다툼이 있었고, 사기도 당했다. 그럴 때마다 수습은 혜림이 했다. 혜림은 아버지에게 미리 받은 유산으로 태인이 진 빚을 갚았다. 혜림은 아이들을 도맡아 키웠고, 부모님의 매장에서 카운터를 보기도 했다. 태인은 미안했고 한편으로 주눅이 들었다. 눈치가 보였다. 혜림이 딱히 불만을 토로한 것도 아닌데 그랬다. 겉으로 티를 내지 않으려다 보니 뻣뻣한 태도가 나왔다. 아빠를 좋아하던 아이들도 언젠가부터 데면데면 대했다. 이제 이름이 알려지고 수입도 커졌는데 이상하게 태도는 잘 바뀌지 않았다. 연극판에서의 20년은 한여름 밤의 꿈처럼 여겨지기도 했으나 또 너무 긴 시간이었던 것 같기도 했다. 매일을 살았을 뿐인데 갑자기 모든 게 달라진 것을 어느 날 발견한 사람처럼. 태인도 모르는 사이에 몸과 마음이 딱딱해져버렸다. 어떤 역할이든 맡으면 쉽게 다른 사람이 될 수 있는데, 정작 생활인으로 돌아오면 아마추어 배우로 전락해버렸다. 하지만 혜림은 달라졌다. 태인은 그런 아내를 바라보며 의문이 들었다. 사람은 조금씩 바뀌는 존재인가, 아니면 어느 순간을 기점으로 단번에 바뀌는 존재인가.

　최근 들어 혜림은 부쩍 예뻐졌다. 피부에서 윤기가 흘렀고 입고 있는 옷이 달라졌다. 혜림은 더 이상 부모의 가게에 나가지 않았다. 하지만 태인을 대하는 태도는 다르지 않았다. 태인과 함께 있으면 가족들은 어딘지 모르게 불편해 하는 것 같았다. 장난을 치거나 말을 걸면 받아주려고 애쓰는 게 보였으나, 당황스러워한다는 걸 태인은 느낄 수 있었다. 혜림은 이제 시장에서 장을 보지 않았다. 옷이나 신발도 백화점에 가서 샀다. 혜림은 낯선 세계를 떠돌아다니다 이제 집에 돌아온 사람처럼 편안해 보였다. 연극을 하던 시절, 아들이 초등학교에 막 들어갔을 때였다. 생일이었나. 고기가 너무 먹고 싶다고. 갈비를 좀 원 없이 먹어보고 싶다는 아들의 말에 고기 뷔페를 데려간 적이 있었다. 고기를 직접 가져다 먹는 가게였고 태인은 열심히 고기를 가져다가 불판에 구웠다. 혜림은 다 구워진 고기를 아이들의 접시 위에 올렸다. 한창 클 나이의 아이들은 잘 먹었다. 태인도 부지런히

고기를 집어 먹었다. 혜림은 고기 몇 점을 먹다 말았다. 주인이 자꾸 처다봐. 혜림이 태인의 귀에 속삭였다. 그날 혜림은 체해서 밤새 앓았다. 태인은 아내의 그런 점이 싫었다. 가난한 것을 부끄럽게 여기는 마음. 그것은 곧 자신을 수치스럽게 여기는 것과 같다고 생각했다. 그런 문제로 다툴 때면 혜림은 차갑게 말했다. 내가 뭘 부끄러워한다고 그래. 그거, 자기 자격지심인 거 알아? 우리 그런 데 안 가도 돼. 가난 코스프레하지 말라고. 그때도 혜림의 얇은 입술은 빨간 립스틱으로 칠해져 있었다. 근질근질했다.

나는 가난한 게 부끄럽지 않았다. 그건 그냥 상태일 뿐이야. 상태. 본질은 아니라고. 태인은 술에 취해 상호에게 넋두리를 했다. 너무 배가 고플 때는 김밥천국 같은 데서 라면 하나 사먹는데, 옆에서 김밥 먹고 남기고 가잖아. 그거 몰래 집어 먹을까 고민했던 적도 있다. 근데 뭐 그럴 수 있는 거 아냐? 비참하고 뭐 그렇지도 않았어. 어차피 버릴 건데. 젓가락으로 먹은 건데. 그럴 수 있는 거지, 사람이. 술에 취한 태인은 그런 일화들을 상호에게

서슴없이 늘어놓았다. 처음 태인의 이야기를 들었을 때에 상호는 진심을 담아 대답했다. 맞아요. 저도 어떤 건지 알아요. 선생님은 항상 편하게 사신 줄 알았어요. 아, 정말요? 진짜요? 역시 사람은 한 우물을 파야 하나 봐요. 저도 선생님처럼 살면 언젠가는 되겠죠? 잘 되겠죠? 끈기 있게. 인내심을 가지고.

연기에 몰두해서 대본을 보고 또 보는 태인의 모습을 보면 존경심이 들었다. 태인을 픽업하러 늦은 시간에 연습실로, 현장으로 다니는 일도 피곤한 줄 몰랐다. 좋은 배우의, 롤 모델의 매니저라는 자부심 같은 것이 있었다. 하지만 언젠가부터 태인이 가난 이야기를 하는 게 와 닿지 않았다. 게다가 태인은 술을 너무 좋아했다. 늦게 파하는 술자리까지 매번 상호를 불러 운전을 시키는 것에 점점 지쳐갔다. 이야기는 지나치게 반복되었고 상호는 이제는 그저 습관처럼, 네, 대단하십니다, 멋지십니다, 부럽습니다, 하면서 속으로는, 저건 운전을 왜 저따위로 하지, 확 밀어버릴까, 도대체 술은 몇 차까지 마시는 거야, 택시 타고 가면 편하잖아, 생각했다. 취하지 않았을 때 태인은 상호에게 언제 그랬냐는 듯 필요한 말만 했고, 자신의 세계에 몰두했다. 그랬기에 술에 취한 태인이 진짜 태인인지, 알코올이 빠진 태인이 진짜 태인인지 헷갈렸다. 그 간극이 너무 커서 상호는 태인이 자신을 어떻게 여기는지도 알 수 없었다. 그러다, 태인의 말을 떠올렸다. 이건 상태일 뿐이다. 본질은 아니다. 상태에 속지 말자. 하지만 본질이 도대체 뭘까?

태인은 차에 대본을 종종 두고 다녔다. 간혹 태인이 상대역의 대사를 읽어달라고 부탁할 때가 있었다. 처음에는 당황해서 얼굴이 달아올랐다. 상호가 책 읽듯 더듬더듬 대사를 읽어도 태인은 상관하지 않고 자신의 역할에 몰입해서 대사를 받아쳤다. 연기파 배우 우태인의 연습 상대가 되었다는 생각에 상호는 가슴이 벅차올랐다. 그 후로 상호는 차에서 대기하는 시간에 대본을 펼쳐 보기 시작했다. 처음에는 종이가 손에 닿는 것만으로도 떨렸다. 도둑질을 하는 기분이었다. 그러다 나중에는 대본을 볼 수 있는 시간을 기다리게 되었다.

대본을 정독하고 대사를 소리 내어 말해보기도 했다. 혼자 있는데도 입을 떼는 게 여간 어렵지 않았다. 유튜브에서 연기에 관련된 동영상을 수시로 보았고, 연극이나 영화의 클립들을 보며 유명 배우의 연기를 관찰했다. 그러다 한번은 태인의 연습을 도와주다 용기를 내어 대사에 나름의 감정을 실어보았다.

안개는 살아 있어. 안개를 조심해야 해. 그 안에 뭐가 있는지 자세히 보라고. 그렇지 않으면 너는 사라질 거야. 가만히. 사라지는 줄도 모른 채 스르륵, 없어져버린다.

상호가 대사를 마쳤는데도 태인은 조용했다. 상호가 대본에서 시선을 떼고 고개를 들었다. 태인이 상호를 빤히 바라보다 싱긋 웃었다.

방금 멋있었다. 놀랐어. 웬만한 배우보다 네가 낫다.

그날 상호는 평생 태인의 차를 운전해도 좋다고 생각했다. 태인이 말한 본질을 만난 느낌이었다. 태인은 아마도 금방 잊겠지만 상관없었다. 적어도 태인은, 술에 취하든 취하지 않든, 없는 말을 하는 사람은 아니었으니까. 영화 촬영이 중반을 넘어가자 태인은 집에 가는 날보다 지방 숙소에 머무르는 날이 많았다. 촬영이 없는 날에도 태인은 집에 가지 않았다. 감독이나 동료 배우들과 밤새 술을 마시고 낮에는 주로 잠을 자거나 근처 낚시터를 찾아 시간을 보냈다. 상호는 서울과 지방을 오가며 태인과 함께 있거나 태인이 부탁한 일들을 하며 지냈다. 태인의 아내는 종종 상호에게 전화를 걸어왔다. 같이 있어요? 지금 그 사람 뭐해요? 어제도 밤새 마셨나요? 전화 좀 하라고 전해줘요. 혜림은 태인과 관련된 이야기만 했고, 상호에게는 간단한 안부조차 묻지 않았다. 혜림은 작은 체구에 목소리는 허스키하고 큰 편이었다. 상호는 태인의 집에 가서 태인이 부탁한 약이나 소지품 같은 것들을 받아다 전달해주곤 했는데 전화 목소리만 듣고 상상했던 모습과 전혀 다른 혜림의 외모에 내심 놀랐다. 얼굴은 태인보다 젊어 보였지만 흰머리가 많았다. 흰머리 때문인지 흰 피부가 더 하얘 보였다. 입술에 붉은 립스틱을 바르지 않았다면 창백해 보일 것 같았다. 작은 할머니 다람쥐 같다고 상호는 생각했다. 혜림은 예의 발랐지만 상호를 집 안으로 들이지는 않았다. 상호는 항상 문 밖에서 기다렸고, 혜림이 물건을 가져다 내어주는 식이었다.

태인에게 듣기로 혜림 역시 배우 지망생이었다. 스물셋에 대학에서 만났지. 아직도 생생하다. 작고 뽀얀 신입생이었어. 그런 이야기를 꺼냈을 때 태인의 눈은 다른 시간을 보고 있는 듯 아련했다. 나 때문에 자기 아버지 가게에서 카운터를 봤어. 10년 넘게. 그게 편한 일 같아도 아니거든. 만삭일 때도 나가더라고. 친정 부모는 당연히 말렸지. 근데 그 사람은 그냥 도움 받기는 싫다는 거야. 어쨌든 그런 일을 할 사람은 아닌데. 그런 말을 하며 태인은 또 술을 마셨다. 그런 아내가 술 마시는 건 좋아하나요? 외박은요? 묻고 싶었다. 그러다 가족 이야기가 점점 줄어들었고 이제는 거의 하지 않았다. 술에 취해도 내뱉는 건 맥락을 알아듣기 힘든 말이 대부분이었다. 아이들이나 아내와 통화를 할 때에도 잘 웃지 않았고 금방 끊었다. 간혹 언성을 높이기도 했다. 상호는 그게 싫지 않았다. 솔직하게 말하면 태인이 가정에 불화가 있기를 은근히 바랐다. 왜 그런 마음이 드는지에 대해서는 깊이 생각하지 않았다.

그날은 지방 촬영을 끝낸 후 태인과 함께 바로 서울로 올라갈 예정이었다. 다음 날이 아내의 생일이라고 했다. 하지만 촬영은 자정이 넘어서까지 이어졌다. 2월 말의 추운 날씨였다. 격투 장면에서 태인이 자꾸 NG를 냈다. 살인범이 여자와 몸싸움을 벌이다 목을 그어 살해하는 신이었다. 태인이 도망가려는 여자를 거칠게 잡아챈다. 여자는 끝까지 발버둥치며 반항한다. 태인은 여자의 머리채를 휘어잡고 뺨을 갈긴 후 목을 그어버리는 연기를 반복했다. 상호는 멀찌감치 떨어져 태인의 연기를 지켜보았다. NG가 날 때마다 배우들은 메이크업을 수정하고 머리 모양을 다시 만졌다. 태인은 컷 소리가 나면 감독의 지시를 경청하거나 잠깐 눈을 감은 채 감정선을 유지하려 애썼다. 스태프들도 배우들도 모두 지쳐 보였다. 상호는 차와 현장을 오가며 시간을 보냈다. 추위와 졸음을 쫓기 위해 커피를 마시고 껌을 씹었다. 십수 번의 촬영 끝에 겨우 오케이 사인이 떨어졌다. 여배우는 울음을 터뜨렸지만 태인은 바로 카메라 앞으로 와서 모니터링을 했다. 새벽 한 시가 넘어가고 있었다. 태인 역시 완전히 탈진한 상태였다. 분장을 채 지우지도 않은 얼굴로 차에 올랐다. 상호는 천천히 차를 몰아 촬영장을 벗어났다. 고속도로에 들어선 지 얼마쯤 지났을 때, 자는 줄 알았던 태인이 말을 걸었다. 배 안 고프냐?

상호는 다음 휴게소에 들어가 차를 세웠다. 식당은 문을 닫아 편의점에서 김밥과 컵라면, 맥주를 샀다. 상호가 음식을 테이블에 올려놓자마자 태인은 허겁지겁 김밥을 입에 쑤셔 넣고 뜨거운 라면 국물을 후루룩 들이켰다. 분장 때문인지 아니면 촬영이 끝난 지 얼마 되지 않아서인지 상호는 앞에 앉은 남자가 태인처럼 보이지 않았다. 금방이라도 테이블을 치고 일어나 자신에게 칼을 들이대도 이상하지 않을 것 같았다. 선생님, 오늘 연기 최고였어요. 태인은 음식을 씹으며 싱긋 웃었다. 그거 연기 아니야.

네?

연기 아니라고. 그거, 내 마음이라고 생각해. 본심이라고. 적어도 연기할 때는.

태인은 남은 김밥을 한 번에 입안에 넣고 우적우적 씹었다. 쩝쩝 소리를 내며 먹는 것에만 집중했다. 태인은 평소에 저런 식으로 먹지 않았다. 천천히 드세요.

나 하루 종일 굶은 거 모르냐? 말을 내뱉으며 상호를 흘끗 쳐다보는 태인의 눈빛에 좀 전에 보았던 살기가 남아 있는 것 같았다. 식사를 마친 후 태인은 캔 맥주를 꿀꺽꿀꺽 마신 후 크게 트림을 했다. 흡연 구역도 아닌 곳에서 담배를 꺼내 물었다. 늦은 시간인 데다 사람도 없어서 상호는 잠자코 있었다. 차가운 겨울바람이 담배 연기를 잡아채 갔다. 태인의 휴대폰이 울렸고 태인은 이마를 찌푸렸다. 지금 가는 중이야. 먼저 자라고 했잖아. 태인은 상호가 있는데도 개의치 않고 통화를 이어갔다. 전화를 끊으며 태인이 낮게 욕설을 내뱉었다. 상호는 그런 태인을 보며 묻고 싶은 게 있었다. 본질과 본심은 다른 건가요?

태인의 아파트에 도착했을 때는 새벽 네 시가

다 되어가고 있었다. 태인은 차에서 내렸다가 다시 상호를 불렀다. 낡은 검정 지갑에서 5만 원권 지폐 몇 장을 꺼내 상호에게 건넸다. 고생했다. 내일은 쉬자. 상호는 지폐를 받아 들고 꾸벅 인사했다. 선생님도 푹 쉬세요.

야 이 새끼야, 선생님이라고 하지 마.

상호는 집으로 돌아와서도 태인의 말이 귓가에 맴돌았다. 야 이 새끼야, 선생님이라고 하지 마. 그럼 뭐라고 불러야 할까. 형님? 선배님? 배우님? 야 이 새끼야? 태인은 지금 태인이 아닌 상태인가. 배우들은 연기에 몰입하면 그 인물처럼 행동하고 생각한다고 했다. 그래서 작품 하나가 끝나면 다시 자신의 몸을 찾는 데 시간이 오래 걸리기도 한댔지. 그건 좋은 걸까. 여러 몸으로 살아가는 것. 상호는 낡은 침대에 누워 빗물 자국이 눈물처럼 번져 있는 천장을 오래도록 바라보았다. 그러다 스르륵 잠이 들었다. 한기를 느껴 잠에서 깼을 때는 고작 한 시간이 지나 있었다. 운전을 너무 오래한 탓인지 어깻죽지가 아팠다. 바깥은 여전히 캄캄했다. 겨울은 밤이 너무 길어서 사람을 더 움츠러들게 했다. 상호는 전기장판의 온도를 높였다. 나는 평생 이 몸을 벗어나지 못한 채로 운전만 하다 끝날 수도 있겠지? 운전만 하다 끝나는 삶. 그게 나쁜가. 아주 나쁜가. 나쁜 게 아니라 무의미한 건가. 바닥이 뜨끈해졌고 상호는 잠 속으로 조금씩 스며드는 것을 느꼈다. 몸이 바닥으로 끝도 없이 꺼지는 것 같았다. 늦지 않았다는 감각으로 현실에 발맞추어 살던 때가 있었던가. 중고등학교 때에는 그랬던 것 같은데. 더 어릴 때는 어땠더라. 슬프면 울고 기쁘면 깔깔댔겠지. 엄마 아빠가 즐거우면 나도 즐거웠다. 엄마가 울면 상호는 엄마 손을 꼭 잡고 따라 울고, 그러다 금방 악몽 없는 잠에 빠졌다. 상호는 그때가 사무치게 그리웠다. 고민 없이 천진하게 순간순간에 몸을 맡긴 채 내일이 오는 것을 당연하게 여기며 살던 때가. 불행에 대해 생각하지 않았던 때가. 다음 날 눈을 뜨면 기대도 낙담도 없이 개운하게 몸을 일으키던 때가. 상호는 몸을 돌려 엎드렸다. 베개에서 냄새가 났다. 그런 냄새가 자신에게서 난다는 게 믿기지 않았다.

쉬겠다던 태인이 다음 날 오후 늦게 전화를 걸

어왔다. 나 지금 호텔 가는 중인데, 부탁 하나만 들어주라.

예, 말씀하세요.

내가 뭘 놓고 와서. 중요한 건데, 까만색 가죽 가방이거든.

아 진짜 귀찮게 하시네. 본인이 돌아가서 가져가면 될 것을. 하지만 상호는 네, 알겠습니다. 그럼 그거 가지고 저도 호텔로 가면 되나요? 하며, 거실에 걸린 작은 거울 앞에 서서 얼굴을 비춰보았다. 거울 속의 남자는 낯빛이 검었고 눈두덩이 푹 꺼져 있었다. 도드라진 광대에 비해 턱은 뾰족했다. 「관상」이라는 영화를 본 적이 있다. 나는 노예의 관상인가. 아무래도 주인의 관상은 아닌 것 같았다. 이런 얘기를 하면 시대착오적 발상이라고 다들 손가락질하겠지. 하지만 나를 보면 주인이 될 관상은 아니라는 데 수긍할 것이다. 상호는 입꼬리를 억지로 올려보았다. 그런 남자를 보고도 상호는 웃음이 나지 않았다.

태인은 자신의 별장을 호텔이라고 불렀다. 예전에 태인의 조부모가 살던 집을 최근에 인테리어를 새로 한 뒤 별장으로 쓰고 있었다. 가족들과 함께 가는 경우는 거의 없었다. 태인은 언제나 홀로 호텔에 갔다. 스케줄이 없거나 스트레스가 심할 때, 아니면 아내와 다투었을 때.

상호는 피로가 풀리지 않은 몸으로 태인의 아파트로 향했다. 태인의 집 현관 벨을 누르고 여느 때처럼 혜림이 태인의 물건을 건네주기를 기다렸다. 그런데 한참이 지나도 문은 열리지 않았다. 상호는 다시 벨을 눌렀다. 인기척이 없었다. 태인에게 전화를 걸기 위해 휴대폰을 꺼내는데 그제야 문이 열렸다. 혜림이 얼굴을 내밀고 상호를 보았다. 눈이 부어 있었고 얼굴은 창백했다. 립스틱을 바르지 않은 혜림의 얼굴을 상호는 그날 처음 보았다. 혜림은 다람쥐가 아니라 그냥 아픈 사람 같았다. 혜림이 왜 그렇게 붉은 립스틱만 바르는지 상호는 금방 이해가 되었다. 안녕하세요. 상호는 고개를 숙였다. 전혀 안녕해 보이지 않는 이에게 안녕하세요, 라니. 멍청하기는. 상호는 자책했다. 혜림은 그런 상호를 향해 고개를 까닥했다. 무슨 일인지 묻는 얼굴이었다. 태인이 아내에게 미리 연락하지 않았다는 것을 상호는 깨달았다. 선생님이 가방을 두고 나오셨다고 해서요.

무슨 가방이요?

검은색 가죽 가방이라고. 그 안에 대본이랑 태블릿 들어 있다고 하시던데요.

그거 가져오래요?

네? 네.

혜림은 입을 꼭 다물었다. 가는 입술이 더 가늘어졌다. 상호는 자신이 뭔가 잘못한 느낌이 들었다. 혜림은 잠깐 무언가 생각하는 듯하더니 문을 열어젖혔다. 들어오시겠어요?

상호가 태인의 집에 들어간 것은 그날이 처음이었다. 널찍한 현관에는 신발 몇 켤레가 나란히 놓여 있었다. 상호는 태인의 것을 금방 알아보았다. 집 안에 들어서자 따스한 공기가 피부에 닿았다. 단열이 잘되는 단단한 집에 들어설 때 느껴지는 온기와 쾌적한 공간에서 나는 고요한 향을 금방 감지할 수 있었다. 오래된 음식이나 곰팡이 따위는 찾아볼 수 없는 곳에서만 느낄 수 있는 기운. 상호는 머리를 틀어 올린 혜림의 목덜미를 보았다. 작고 가는 목. 혜림은 상호의 집에서 나는 냄새를 알까. 상호는 하루 종일 식당 카운터에서 남의 카드를 긁고 인사하는 혜림의 모습을 상상해보았다. 저 사람에게 정말 그런 나날이 있었을까? 그래봤자 사장의 딸이었겠지만. 그만두고 싶으면 언제나 그만둘 수 있고, 쉬고 싶으면 아무 때나 벗어날 수 있었을 것이다.

널찍한 거실에는 햇살이 통째로 자리 잡고 있었다. 실내의 햇빛은 실외의 그것처럼 누구에게나 공평한 게 아니라는 것을 상호는 알고 있었다. 거실 중앙에는 부드러워 보이는 가죽 소파가 있었고 창가에는 바깥 날씨와는 무관한 기다란 선인장이 느긋하게 살아 있었다. 벽에는 모두가 웃고 있는 가족사진이 걸려 있었다. 순간 상호는 소외감을 느꼈다. 자신은 이들의 가족이 결코 될 수 없다는 사실이 말할 수 없이 상호를 쓸쓸하게 했다. 이들의 가족이 되고 싶다는 생각은 꿈에도 해본 적이 없었는데.

상호는 혜림의 뒤를 따라 조심조심 걸었다. 마치 자신의 몸에서 뭐라도 떨어질까봐 걱정하는 사람처럼. 혜림은 부엌을 지나 구석에 있는 방문을 열었다. 아마 저기 있을 거예요. 상호는 방안을 들여다보았다. 작은 방에는 컴퓨터가 놓여 있는 책상과 트로피가 들어 있는 장식장, 그리고 대본과 책, 자잘한 소품들이 어지럽게 엉겨 있었다. 태인 혼자 쓰는 방이라는 걸 금방 알 수 있었다. 태인을 제외하고는 누구도 들어가지 않는 방. 누가 들어가는 것을 태인이 싫어하는 거겠지. 태인이 말한 가방은 의자 위에 올려져 있었다. 상호는 가방을 들고 얼른 방을 나왔다. 혜림이 식탁 위에 주스가 담긴 잔을 내려놓았다. 마시고 가세요. 상호는 꾸벅하며 슬쩍 혜림을 보았다. 역시, 울었구나. 상호는 아무렇지 않은 얼굴로 잔을 들어 바닥이 드러날 때까지 단숨에 마셨다. 머리가 띵했다. 상호가 빈 잔을 내려놓자 혜림의 얼굴에 언뜻 웃음기가 스쳐 지나갔다. 상호는 머쓱했다. 좀 천천히 마실 걸 그랬나. 차가운 액체가 빈 위장을 긁고 내려갔다. 상호는 무슨 말이라도 하고 싶었다. 안녕하세요, 감사합니다, 알겠습니다, 안녕히 계세요, 이런 말 말고. 오늘이 혜림의 생일이라고 했는데.

하지만 생일 분위기 같은 건 전혀 느껴지지 않았다. 당연한 일이었다. 생일 분위기라는 건 파티를 해야 생기는 것이니까. 축하하는 이들과 있을 때 느낄 수 있는 것이니까. 그렇다 해도 생일을 맞은 사람이 이런 얼굴로 있는 건 좀 아니지 않나. 생일 축하드려요. 상호가 말했다. 상호는 자신의 입에서 저절로 그 말이 나왔다고 생각했다. 연기가 새어 나오듯이. 혜림의 눈이 잠깐 커졌다가 금세 가늘어졌다. 어떻게 아셨어요? 혜림은 웃으며 고맙다고 말했다. 상호는 혜림의 웃는 모습을 처음 보았다. 전에도 분명 본 적이 있었을 텐데도 처음 보는 표정 같았다. 웃을 때 사람은 달라 보인다. 상호는 안도했다. 혜림을 웃게 했다는 사실이 뿌듯했다. 역시 다람쥐 같네. 다람쥐는 할머니여도 귀엽지. 문득 혜림의 냄새를 맡고 싶다는 생각이 들었다. 손을 뻗으면 안을 수 있는 거리에 둘만 있다는 사실이 새삼 비현실적이었다. 손을 뻗어볼까. 힘을 줘볼까. 상호는 그곳에 계속 머물고 싶었다. 나가고 싶지 않았다.

   그럼 저는 가보겠습니다.

상호 씨.

네?

그 사람한테, 안 와도 된다고 하세요. 아주 오지 말라고. 그렇게 말하면 알아들을 거예요.

혜림의 표정이 차가워졌다. 상호는 일부러 혜림의 시선을 피해 다시 인사를 한 후 현관으로 향했다. 신발을 꿰어 신고 문을 여는데 혜림이 따라와서 상호를 불렀다. 상호가 몸을 틀어 기대에 찬 눈으로 혜림을 보았다.

저, 남편한테 그냥 아무 말 마세요. 죄송해요.

바깥에는 차고 건조한 바람이 불었다. 오후 네시가 다 돼가고 있었다. 지금 출발하면 별장에는 여섯 시가 넘어 도착할 것이다. 상호는 운전석에 올라 시동을 켠 후 아파트를 빠져나왔다. 상호는 저들을 이해할 수 없었다. 하지만 세상에 이해할 수 있는 일이 얼마나 될까. 상호는 자조하다 혜림의 웃는 얼굴을 떠올렸다. 생일 축하한다는 말을 한 게 오지랖은 아니었을까, 후회했다. 혜림은 당황해서 웃었던 걸 수도 있다고. 나중에 태인에게 말할지도 모르겠다고. 걔 좀 이상한 거 같아. 내 생일을 왜 지가 축하해. 내가 말했나 보다. 그 새끼 그걸 기억하고 있었다니. 좀 음침해. 자기 조심해라. 둘은 심하게 다툰 후에도 같은 침대에서 잠을 자고, 밥을 먹고, 그렇게 속이야기를 아무렇지 않게 하겠지. 그런 사이란 어떤 걸까. 그래도 혜림의 그 미소는, 환했다. 태인은 혜림을 만질 수 있는 사람. 서로의 피부가 낯설지 않겠지. 서로의 체취를 나누고 혀와 성기를 섞고, 그렇게 DNA를 나눈 아이를 만들고. 하지만 지금 둘은 불행하다. 불행. 불행이 자신만의 것은 아니라는 결론에 다다른 후에야 상호는 운전에 집중할 수 있었다. 음악을 틀었고 노래를 따라 흥얼거렸다.

조금 전에 혜림의 아파트에서 분명 환한 햇빛을 보았는데 하늘이 회색빛으로 변하더니 눈이 내리기 시작했다. 조금 있으면 해가 질 것이다. 태인의 별장에서 바로 돌아온다고 해도 밤이겠군. 상호는 가볍게 한숨을 내쉬었다.

별장에 도착했을 때에는 이미 해가 넘어가 주위가 어둑했다. 벨을 누르기도 전에 태인이 현관문을 열었다. 아, 수고했다. 태인은 상호의 손에 든 가방을 받아 들었다. 상호는 현관에 벗어놓은 신발을 보았다. 낯선 남자 운동화와 여자 구두가 눈에 띄었다. 손님이 있구나, 생각하며 실내로 들어섰다. 혜림의 아파트와는 다른 깔깔하고 서늘한 공기가 배어 있는 집. 계절이나 온도와는 무관하게 이 집에 들어설 때마다 느껴지는 공허한 기운. 별장. 말 그대로 그냥 가끔 와서 쉬는 곳이라서 그런 걸까. 상호는 거실 소파에 앉아 있는 사람들과 눈이 마주쳤다. 태인이 상호를 소개했다. 내 매니저, 상호라고. 그리고 이쪽은 내년에 나랑 작품 같이 할 분들. 연출님하고 우리 배우님. 남자는 자리에서 일어나 상호에게 손을 내밀어 악수를 청했다. 그는 누구라고 이름을 말했지만 상호는 잘 알아듣지 못했다. 여자는 자리에 앉은 채 손을 들어 인사했다. 최기옥이에요. 반가워요. 낯익은 얼굴이었다. 전에도 인사를 한 적이 있는데 기옥은 상호를 기억하지 못하는 듯했다. 그런 건 익숙한 일이었고 상호는 마치 처음 뵙는다는 듯 공손하게 인사했다.

태인은 기분이 좋아 보였다. 낮에 통화할 때와

는 다른 목소리였다. 테이블 위에는 소주와 맥주, 간단한 안주가 놓여 있었다. 상호는 속으로, 또 술이네. 이만 가보겠다고 할까, 약속이 있다고 할까, 생각했으나 멀뚱하게 서 있었다. 혜림이 이 꼴을 보면 기분이 어떨까. 하지만 알려줄 방법이 떠오르지 않았다. 당신 남편은 당신을 잊고 이곳에서 즐기고 있다고 말하면…… 더 불행하겠지. 너도 한잔해. 전에 없이 태인이 상호의 팔을 끌었다. 우리도 좀 쉬어야지. 자고 가. 오늘 엠티다 엠티. 밖에 눈도 오고. 상호는 잠깐 고민했지만 자신이 거절하지 못하리라는 것을 알았다. 눈길을 뚫고 운전해서 올라가봤자 어차피 컴컴하고 눅눅한 집이 기다리고 있을 뿐이었다. 상호는 오랜 시간이 지난 후 이 순간을 종종 떠올렸다. 그때 사양하고 돌아서 나왔더라면. 바로 집으로 돌아갔더라면. 하지만 그렇다 해도 크게 달라진 일은 없었을 것이다. 아니다. 어쩌면 많은 것이 달라졌을 수도 있겠다. 하지만 과거로 돌아갈 수는 없다. 어쩌지 못하는 일에 대해 생각해봤자 그건 또 다른 미래를 놓치는 일. 그걸 알면서도 상호는 종종 그때의 일을 되새김

질했다. 피폐해졌다.

　상호는 집으로 가려던 마음을 접고 소파에 엉덩이를 걸쳤다. 태인은 빈 잔에 술을 따라주며 이야기에 열을 올렸다. 제임스는 내 로망이지. 난 체호프보다 유진 오닐이야. 오닐은 비극을 제대로 알아. 아니, 그냥 삶 자체가 비극인 사람이야. 상호야, 너도 한잔해. 내가 제임스라는 역을 맡을 거거든. 그놈은 전직 배우에 알코올중독자다. 게다가 마누라는 뽕쟁이야. 태인은 말을 낳고 기옥을 바라보았다. 기옥이 피식 웃으며 잔을 들자 태인과 연출이 건배를 했다. 기옥이 입을 열었다. 예나 지금이나, 여기나 저기나, 사람 사는 게 다 비슷해. 어리석어. 태인이 웃으며 기옥의 말을 가로챘다. 그래도 밤으로의 긴 여로잖아. 상호 너도 들어는 봤지? 유진 오닐. 유진 오닐이 죽은 자기 가족들을 무대 위로 불러낸 거야. 그런 집에서 자란 거야. 비극적 인간의 내면 어쩌고 하는데, 그냥 너무 아파서, 어쩔 수가 없어서 계속 쓴 거지. 그러다 〈노벨문학상〉도 받았잖아. 너도 그 정도는 알지? 상호는 금시초문이었지만 자꾸 들으니 어디선가 들은 적이 있는 것도 같았다. 상호는 머쓱하게 웃으며 고개를 끄덕이지도 가로젓지도 못한 채 잔을 들었다. 내가 말이야, 이제 내 미래를 연기하게 되는 거 같네…….

아니 선배는 무슨 그런 말을. 그렇게 치면 나야말로. 기옥이 자조하듯 웃었다. 어, 설마 그래서 우리 캐스팅한 건가? 태인이 농담조로 연출에게 물었다. 연출은 손사래를 쳤다. 아유, 무슨 말씀이세요. 셋은 소리 내어 웃으며 또다시 잔을 들었다. 상호는 얼결에 함께 건배를 했다. 모두 피로해 보였고, 마음에 없는 소리만 골라서 하고 있는 것 같았다. 역시 아까 갈걸 그랬네. 하지만 상호는 이미 술을 마셨고 당장 운전을 할 수는 없게 되었다. 태인이 빈 술병을 흔들었다. 상호가 반사적으로 자리에서 일어났다. 우리 뭣 좀 해 먹을까? 냉장고에 고기 있는데. 태인이 상호에게 말했다. 상호가 부엌으로 향했고 연출이 상호를 따라왔다. 팔을 걷고 냉장고를 여는 연출을 상호가 만류했다. 같이 해요. 연출이 말했다. 그냥 하는 소리 같지는 않았다. 어쩌면 저들과 함께 있기 싫은지도 모르겠다고 생각했다. 뭐 해, 얼른 와서 술 마시자. 태인이 참을

성 없이 재촉했고, 상호는 술을 가져다주었다. 연출님, 뭐 해? 태인이 고개를 빼고 연출을 불렀다. 아닙니다. 프라이팬을 찾아 불 위에 올리는 상호 옆에서 연출은 고기 팩을 뜯고 상추를 씻었다. 아닙니다? 상호는 연출의 대답이 재미있다고 생각했다. 어느새 태인이 부엌에 와서 참견을 했다. 상호에게서 젓가락을 빼앗아 고기를 굽기 시작했다. 이러고 있으니까 진짜 옛날 생각난다. 엠티 온 기분이야. 연출님도 오늘 자고 가는 거지? 태인이 늘 뜬 목소리로 물었다. 연출은 부정도 긍정도 아닌 애매한 웃음을 흘렸다. 상호는 연출이 여기에서 잘 생각이 없다는 것을 알아챘다. 상호는 이런 부류를 잘 알았다. 자신과 비슷한 부류. 호오에 대해 쉽게 밝히지 못하는. 하지만 연출은 못하는 게 아니라 안 하는 쪽인 듯했다. 그것만으로도 상호는 연출에게 호감을 느꼈다. 상호는 연출의 차를 타고 이곳을 벗어나는 상상을 했다. 고속도로를 타고 경기도를 지나 서울을 지나 계속 달리는 상상을. 억지로 무언가를 계속 말할 필요도 없이. 계속 계속 어딘가로 가고 싶었다. 하지만 그럴 수는 없었다. 계속 계속 갈 만한 땅이 한국에는 충분하지 않으니까. 그래도 언젠가는 끝까지 가보고 싶었다. 갈 수 있는 만큼만이라도.

기옥이 코트를 입고 가방을 챙겼다. 나 이제 가보려고. 더 늦으면 아예 못 갈 거 같네.

아니, 어떻게 가시려고?

매니저 왔대.

들어오라고 하지?

뭐 하러. 나 가요. 다음에 봐.

기옥은 가볍게 손을 흔들었다. 상호만이 따라 나와 기옥이 차에 오르는 것을 보았다. 캄캄한 하늘에서 눈이 떨어지고 있었다. 운전석 창이 내려갔고 윤주가 상호를 보았다. 상호가 손을 들어 보이자 윤주가 미소 지었다. 상호는 윤주의 차가 어두운 길을 향해 나아가는 것을 지켜본 후 다시 집 안으로 돌아왔다.

셋은 상을 차린 후 테이블에 둘러앉았다. 상호는 고기 냄새를 맡자 허기가 밀려왔다. 태인과 연출이 술잔을 주고받는 사이 상호는 고기를 집어 먹었다. 태인은 끊임없이 말을 쏟아냈다. 상호에게도 자꾸 술을 권했다. 상호는 술잔을 입에 대는 둥 마는 둥 하며 고기를 먹었다. 그러다 눈치가 보였다. 밥이 먹고 싶었다. 저, 햇반이라도 데워 올까요? 한참 타이밍을 보다 말을 꺼냈다. 태인은 대답하지 않았고 연출은 잠깐 상호를 본 후 고개를 저었다. 상호는 가만히 일어나 부엌에 가서 햇반을 데웠다. 부엌에서 혼자 식사를 하고 싶었지만 반찬이 없었다. 상호는 다시 그들 옆으로 가서 앉았다. 김치와 고기를 얹어 밥을 입속으로 밀어 넣었다. 그날따라 밥이 달았다. 평소보다 많이 먹었는데도 계속 밥이 들어갔다. 맛있냐? 태인이 상호를 보고 있었다. 상호는 음식을 씹어 넘기며 고개를 끄덕였다. 네, 오늘 밥을 못 먹어서.

그게 내 잘못이냐?

죄송합니다.

그게 내 잘못이냐고. 상호는 어리둥절해서 태인을 보았다. 태인의 눈에 경멸이 담겨 있었다.

넌 말버릇이 그게 뭐냐? 이 싸가지 없는 놈아. 내가 너한테 어떻게 했는데.

상호는 어떤 반응을 보여야 할지 알 수 없어 손

으로 입가를 닦았다. 연출은 시선을 내리깐 채 말이 없었다. 날카로운 눈으로 둘을 둘러보던 태인이 갑자기 푹, 웃었다. 이게 바로 제임스야. 제임스가 아들한테 맨날 이래. 태인은 상호의 얼굴을 가리키며 폭소했다. 상호는 마지못해 따라 웃었지만 뒤늦게 수치심이 밀려왔다.

　완전히 망한 집구석. 태인이 낭독하듯 말했다. 그 작품이 70년 전에 나왔는데 뭐 달라진 게 없다. 인간은 달라진 게 없어. 내 말이 맞죠, 연출님? 연출은 무표정한 얼굴로 고개를 끄덕였다. 완전히 망가졌어. 그렇죠? 완전히 망했는데, 그게 누구 책임이냐 이거죠. 태인은 술에 취해 웅얼거렸다. 어쨌든 유진 오닐은 대단하다. 대단해. 아, 나 이제 범죄자랑 환자 역할 그만 해야 되는데…… 자, 우리 밤으로의 긴 여로를 위하여. 태인은 이 건배사를 몇 번이나 반복했다. 상호는 긴 여로가 도대체 무슨 의미인지 궁금했지만 물었다가는 또 비웃음을 당할 게 뻔해 가만히 있었다. 태인은 먹다 남은 양주까지 가져와 다 비운 후 횡설수설하다 졸기 시작했다. 벌써 한 시가 넘었네요. 연출이 피곤한 눈으로 상호를 보았다. 그러게요. 이제 정리할까요? 상호가 묻자 연출이 고개를 끄덕였다. 상호는 태인에게 다가가서 졸고 있는 태인의 팔을 잡았다. 선생님, 방에 들어가서 주무시죠. 태인은 상호를 바라보며 눈을 끔뻑였다. 상호의 부축을 받아 자리에서 일어선 태인은 상호의 손을 뿌리쳤다. 내가 못 걷냐? 병신이야? 상호는 태인에게서 한 발짝 물러섰다. 어휴 새끼, 착해빠져가지고. 고맙다. 고맙다 상호야. 태인은 상호를 와락 끌어안았다. 우리 연출님, 여기까지 와주시고. 우리 잘해봅시다. 연출은 태인이 내민 손을 어색하게 잡으며 네, 네, 했다. 상호는 비틀거리는 태인이 방에 들어가 침대에 눕는 것까지 보았다. 그럼 쉬세요. 상호가 방을 나오려는데 태인이 불러 세웠다. 이리 와봐. 상호는 태인의 옆으로 다가갔다. 여기 좀 앉아봐. 태인이 손으로 침대 위를 톡톡 쳤다. 상호는 한숨이 나왔지만 태인이 하라는 대로 했다. 태인은 상호의 손을 잡았다.

상호야, 나 고백할 게 있다.

상호는 태인이 또 무슨 엉뚱한 소리를 하려나

보다 했다. 나, 요즘에 자꾸 누구를 죽이고 싶다. 태인이 나직하게 속삭였다.

네?

죽이고 싶다고.

상호는 태인의 손을 빼려고 했지만 태인은 손에 힘을 주었다. 누구를요?

태인은 답하지 않았다. 좀 전의 취한 목소리와 사뭇 다른, 너무도 멀쩡한 목소리가 상호를 긴장시켰다. 뿌옜던 머리가 명료해졌다. 영화 때문에 예민해지신 거 같은데요. 상호는 태인이 아무 말이나 어서 해주기를 바랐다. 상호가 납득할 수 있는 이야기를. 아까처럼, 그냥 이건 누구의 대사라든가, 아니면 스트레스 때문이라든가, 너는 바보같이 또 속냐고 웃어버리든가.

그런 생각이 들면 무섭다. 진짜로 몸이 발발 떨릴 때도 있어. 정말 그럴 수 있을 거 같거든. 너는 모르지? 이런 기분. 너는, 너 같은 놈은, 모르겠지. 너 계속 그렇게 살 수 있겠냐.

태인의 손에서 힘이 빠지는 게 느껴졌고 상호는 천천히 손을 뺐다. 가서 자라.

도대체 누구를 죽이고 싶은데요? 상호는 묻고 싶었지만 태인이 그저 취해서 하는 말이라 믿기로 했다. 자리에서 일어나 방을 나가려는데 태인이 중얼거렸다.

너는 모르지. 모를 거야. 몰라서 좋겠다.

상호는 어느새 잠이 들어 코를 고는 태인을 물끄러미 바라보았다. 누구를 죽이고 싶은 마음. 그게 없는 사람도 있습니까? 상호는 불을 끈 후 바지에 손을 문질러 닦았다.

새벽에 눈을 떴을 때, 연출은 떠나고 없었다. 태인은 아마 오후까지 잘 것이다. 상호는 혜림의 말을 전하고 싶었다. 전하지 말라고 했던 그 말. 오지 말래요. 아주 안 와도 된대요. 영영. 그 말을 전하려면 태인이 일어날 때까지 기다려야 할 것이다. 아니, 당장 깨울 수도 있겠지. 하지만 상호는 자신이 그러지 못하리라는 것을 알았다. 이 열패감도 타고난 것일까. 상호는 이불을 끌어 올려 머리끝까지 뒤집어썼지만 당장 일어나 해야 할 일이 자동적으로 머리에 떠올랐다. 몸을 일으켜 청소를 하고 설거지를 한다. 조용히 태인이 일어날 때까지 기다린다. 기다린다. 기다린다. 태인이 일어나 무언가 지시하기를. 나는 기다리는 사람. 하지만 상호는 그날만큼은 기다리는 일을 그만하고 싶었다. 상호는 자리에서 일어나 씻지도 않고 태인의 집을 나섰다. 신발을 꿰어 신고 현관문을 닫을 때엔 소름이 돋았다. 뒤에서 태인이, 상호야, 부를까봐. 도망치는 기분이었고 살짝 흥분이 되기까지 했다. 상호는 눈이 쌓여 있는 차에 올라타 시동을 걸고 집을 빠져나왔다. 창을 열고 고속도로를 달렸다. 차가운 바람이 얼굴을 때렸지만 그것이 마땅하다고 생각했다.

난 인간으로 태어나지 말았어야 했어요. 갈매기나 물고기였다면 훨씬 좋았을 거예요. 아니면 딱따구리나 달팽이도 괜찮겠고, 차라리 도마뱀이나 식물이었어도, 좋겠다. 좋겠어. 좋겠지. 그런데 하필 인간이 되는 바람에, 낯설기만 하고, 원하지도, 속하지도…… 늘 조금은 죽고 싶은 마음으로…….

상호는 태인의 대본 연습을 도와주며 외웠던 대사를 기억나는 대로 읊조리며 고요하고 차가운 도로를 질주했다.

*

나는 나를 오해했던 것일까. 맥베스가 자신의 운명을 오해했던 것처럼. 눈을 감으면 숨이 가빠진다. 형체가 모호한 어둠이 내 옆에 다가와 누운 채로 나를 바라본다. 그것은 일어날 생각이 없어 보인다. 다정한 말을 하고 싶다. 따뜻하고 고요하게 손을 건네고 싶다. 누구에게나, 언제 어디서나, 그런 사람이 되고 싶었다. 하지만 그것은 나의 운명이 아니었나. 하지만 나는 운명론자였던 적이 없는데. 그 역시 나의 오해인가.

커튼콜이 끝난 뒤 우리는 함께 식사를 하고 술을 마셨다. 가족들은 공연에 오지 않았다. 우리는 다투지도 않았는데. 기옥이 나를 안쓰럽게 바라보았다. 그게 싫었다. 그건 오해라고 말하고 싶었지만 어디서부터 이야기를 시작해야 할지. 일단, 술을 마시자. 우리는 긴 여로를 끝냈으니까. 그러나 끝났다고 믿는 순간 이미 시작되고 있다. 당신들도 알다시피.

나는 선배로서 후배 배우들과 스테프들에게 좋은 술자리를 마련해주고 싶었다. 유쾌하고 기억에 남는 시간을 선물해주고 싶었다. 하지만 이번에도 실패했다. 하고 싶은 말은 그런 것이 아니었는데, 엉뚱한 소리가 입에서 나왔다. 말을 하면서도, 아, 이게 아닌데, 생각했지만 혀는 멈추지 않았다. 입 밖으로 내뱉어진 단어는 취소 불가능. 추한 말과 행동은 쉽게 그 사람의 본심으로 인정받는다. 그렇다. 나의 본심과 가장 먼 것들이 어쩌면 나의 진실일지도 모르겠다. 말과 행동이 나를 바꾸어버렸다. 말과 행동이 나를 다른 사람으로 만드는 모습을 바라보았다. 물끄러미 바라보기. 그것만이 나의 일관된 자세. 술을 마시고, 욕설을 내뱉고, 살인자가 되어 칼로 목을 베고, 퇴물 배우로서 가족들을 모른 척하는 나를, 물끄러미 바라보기. 이건 어쩌면 병일지도 모르겠다. 혐오로 나를 바라보는 눈동자들. 대체로 만족스러웠다. 와인병을 들었을 때에는 누군가를 해치고 싶었다. 본심 따위 말하지 않겠다고. 말하기가 불가능해진 배우라니. 나는 누구를 해하고 싶었던 걸까. 병을 내려치던 그 순간에도 알지 못했다. 나는 누구의 피를 보고 싶었던 것인가.

상호는 알까. 상호는 알지도 모른다. 아니, 상호가 알아주길 바란다. 나의 혐오가 향하고 있는 곳을. 상호에게는 말했어야 했다. 도움을 청했어야 했다. 하지만 상호의 얼굴을 보면…… 그 얼굴. 상호의 얼굴과 눈빛. 선망과 혐오가 교차하는 그 눈빛에서 나는.

상호는 나를 부축해 차에 태웠다. 집으로 향하던 상호가 물었다. 호텔로 모실까요?

집으로 가자. 집으로. 가족이 있는 집으로.

아닌가. 그 반대였나. 상호는 집으로 가자고 했고 내가 호텔로 가자고 했나. 나는 상호가 건넨 물을 마셨다. 말할 수 없이 달았다. 시간이 흘렀고 잠깐 눈을 떴을 때엔 검은 길 위에 핀 조명처럼 불을 밝힌 가로등이 띄엄띄엄 보였다. 무대에 올라가야 한다고 내가 말한 것이 기억난다. 아닌가. 이제 내려가야 한다고 했던가. 상호는 입을 굳게 다문 채 정면을 응시하고 있었다. 아주 멀리 있는 사람 같아서 손을 뻗어보았다. 상호의 몸에 내 손이 닿았다. 상호는 알고 있구나. 네가 생각하는 게 꼭 맞는 건 아니지만 영 틀린 것도 아니라고 말하고 싶었다. 목소리가 나오지 않았다. 나는 마음으로 마지막 대사를 끄집어내어 읊었다.

꺼져라, 꺼져, 연약한 촛불이여, 인생은 그저, 그림자, 무대에서, 잠시, 종종대며, 얼마 안 가 잊히고, 형편없는, ……마치 백치가 떠드는 이야기, 소리와 분노로 가득하지만, 결국 아무 의미도…….

나는 대사를 읊으며 통증을 느낀다. 마지막에도 나는 나의 언어를 찾지 못한 채 수 세기 전 죽은 작가의 언어를 대신 읊고 있다. 하지만 그것이 마땅하다고 생각한다. 마치 그가 나의 미래를 예견하고 쓴 글처럼 여겨진다. 나는 한 치 앞을 예감한다. 그걸 알면서도 어찌할 수 없다. 상호가 고개를 돌려 내 팔을 잡는다. 그 힘이 달콤하다. 하지만 상호야, 이것은 운명도 뭣도 아니다. 행운도 불행도 아니다. 아무것도 아니기에 누구를 탓할 수 없다. 그게 무엇이든 아주 작은 먼지에 불과하다. 이제 그것을 알게 되었다고 말하고 싶었는데, 아무도 보이지 않았고 나는 홀로 남았다. 마땅하다고 생각한다.

나는 내가 타오르는 소리를 생생하게 들을 수 있다. 그것은 비명이자 환호. 나는 광대가 되어 우스꽝스러운 몸짓을 보여준다. 그것은 내게 어렵지 않는 일. 마지막 관객이 객석에서 나를 바라보고 있다. 너는 웃는 것 같기도 우는 것 같기도 하다. 상호야 오해하지 마라. 지금 내가 보고 있는 것은 네가 아니니. 나는 창에 비친 나를 응시하고 있을 뿐.

뜨겁게 타오르는 불길. 살이 타는 냄새. 검은 연기 속 어둠과 폐허. 내 눈이 이 모든 피날레를 담도록 내버려두기로 하고 나는 퇴장한다. 박제된 광대로서, 커튼콜이 없는 세계로. 박수도, 야유도 없이. 가족도, 신도 없이…… 암전.

작품해설

기원도 종말도 없이, 본질도 상태도 없이

최정우

 장막은 올랐다가 다시 내려간다. 아름다운 것을 보여주기 위해서, 하지만 또한 아름답지 못한 것을 가려주기 위해서, 우리는 흔히 그렇게 말한다, 그 미추美醜 사이에서, 보여줌과 가려줌을 위해 장막은 존재하는 것이라고, 그렇게 처음과 끝은 마치 없는 듯 서로 맞물려 있는 것이라고. 이것은 시작과 마지막에 관한 이야기이다. 하지만 끝은 다시 처음이 될 것이고, 이제 시작이라고 말한 이는 또한 자신 안에서 그 끝과 마주하게 될 것이다. 불타버린 끝, 재가 된 시작이다. 막은 장밋빛으로 내려가자마자 다시 잿빛으로 올라간다. 그러므로 빛도 없고 몸도 없다. 하지만 그 육신의 끝에 정신이 있던가, 그렇게 시작된 정신은 다시 귀신으로 끝났던가, 그리하여 그 귀신은 다시 다른 육신이라는 옷을 입고 현현했던가. f와 i와 n이라는 세 개의 알파벳으로 이루어진 'fin'은 프랑스어에서 '끝'을 의미하지만, 그래서 연극의 종장이나 영화의 막장에서 우리가 흔히 읽을 수 있던 단어이기도 하지만, 동시에 철자 바꾸기를 통하여 이 육신과 정신과 귀신으로 이루어진 연극을 이루는 하나의 부정적 조건문 또는 기이한 명령어를 암시하기도 한다. "if n", 곧, 삶이 연극이 아니라면, 연극이 죽음이 아니라면, 그 '아니라면(if n)'의 어법이 끝나지 않는 원환을 이루는 어떤 시작의 끝(fin). 암전은 그렇게 하나의 연극을 끝내지만, 그 어둠은 그러한 끝이 '아니라면' 없었을 시작의 막을 열어 삶의 조명을 비춘다.

하여, 나는 위수정의 전작 『우리에게 없는 밤』의 끝을 수놓았던 하나의 소설로부터 시작할 것이다.* 그 끝이 또한 나의 시작이 된다. 환호도 야유도 없이, 천국도 지옥도 없이.「몸과 빛」은 외견상 자신이 죽는 줄도 모르고 죽었던 이가 서서히 자신의 죽음을 둘러싼 여러 상황을 받아들이게 되는, 한 유령에 대한 이야기이다. 그러나 그 죽음의 수용이란, 단순히 지나간 삶의 기억에 대한 확인을 통해 이루어지는 어떤 체념이나 해탈이 아니라, 오히려 삶 그 자체가 하나의 불확실한 유령이었던 것은 아닐까 하는 회의를 통해 이루어지는 혼돈과 무질서의 증식에 대한 기록이다. 그 증식의 '현실'이 다름 아니라 육신의 점차적 소멸을 겪는 유령의 입을 빌려서 이야기된다는 이 가장 '비현실적' 역설이 바로 이 소설의 중핵이다. 칸트Kant가 시령자(視靈者, Geisterseher), 곧 '영을 보는 사람'의 꿈이라는 주제를 통해 형이상학이 지닌 어쩔 수 없는 월권의 욕망을 회의했듯이, 그래서 다름 아닌 이성을 통해 바로 그 이성 자체를 타자화

---

* 위수정,「몸과 빛」,『우리에게 없는 밤』, 문학과지성사, 2024, 329-357쪽.

하여 그 한계를 비판Kritik하고 드러냈듯이,* 위수정은 유령을 바라보는 유령 그 자신의 부재를 통해 거꾸로 우리 존재의 한계를 끝없이 증명하고 시작하듯 포착한다. 존재는 그렇게 부재에 기대고 있다. 그래서 그의 유령론hantologie은 바로 여기서 존재론ontologie의 다른 이름이 된다. 신발이 없고, 발이 사라지며, 종국에는 목소리마저 흩어져 없어지는 바로 그 존재, 우리는 그 귀신의 존재와 다르지 않은 부재의 존재이며, 영원한 혼돈의 시작이자 질서의 끝에 있는 시공간, 바로 그 지점/

---

* 임마누엘 칸트, 「형이상학의 꿈으로 해명한 영을 보는 사람의 꿈」(임승필 옮김), 『비판기 이전 저작 III(1763~1777)』, 한길사, 2021, 233-234쪽 : "이전에 나는 일반적인 인간 지성을 단지 나 자신의 지성 관점에서 관찰했다. 이제 나는 나를 외부에 있는 다른 사람의 이성 자리에 위치시키고, 내 판단과 그것의 비밀스러운 동기를 다른 사람의 관점에서 관찰한다. 두 관찰을 비교해 우리가 큰 시차를 얻는 것은 사실이지만, 이러한 비교는 시각적 속임을 방지하고 개념을 인간의 인식능력과 관련하여 바른 곳에 위치시키는 유일한 수단이다." 칸트가 '영을 보는 사람'의 꿈을 통해 형이상학적 욕망의 한계를 이야기했다면, 위수정은 '영이 된 자신을 다른 이의 관점에서 바라보는 영 그 자체'가 어떻게 또 다른 '시차'의 관점에 서서 주체 자체의 와해라는 위치에 (신발 없이, 발 없이, 하체도 상체도 없이, 그리고 결국은 목소리도 언어도 없이) 존재/부재할 수 있게 되는지를 보여준다. 그런 의미에서도 또한 우리는 유령, 곧 목소리를 잃어가면서 말하고 몸을 잃어가면서 살아가는 부재의 존재이다.

시점에서 우리는 언제나 유령일 수밖에 없다. 우리는 그렇게 존재와 부재 사이의 시차로서만 있게 되는 몸과 빛, 그런 몸의 실종이자 빛의 잔존이다.* 그래서 소설은, 더 이상 시령자의 꿈에 대한 철학적 언설이 아니라, 바로 그 영 자신이 역설적으로 현실이 되었던 이 부조리한 비현실적 감각을 우리의 끝이자 시작이라고 말하는, 어떤 실제 같은 허구, 허구 같은 실제에 대한 결정적 증언이 된다.

그러다, 태인의 말을 떠올렸다. 이건 상태일 뿐이다. 본질은 아니다. 상태에 속지 말자. 하지만 본질이 도대체 뭘까? (110쪽)

저 끝과 시작 사이의 어지러운 시차가 마치 안개처럼 구분될 수 없는 (비)경계인 것처럼, 본작

---

* 위수정, 「몸과 빛」, 『우리에게 없는 밤』, 330쪽: "자신의 의도와 무관하게 생활에서 조금씩 비껴 나는 사람들, 매일 보는 것들이 어느 순간 낯설게 여겨지는 사람들, 자신의 의도와는 무관하게 자꾸 밀어져 다른 차원을 생각하는 사람들". 이러한 규정은 '어떤' 사람들에 대한 것이 아니라 '모든' 사람들에 대한 것, 그래서 유령의 삶을 '살고' 있는 '죽은' 우리 모두를 지칭하는 또 다른 호명이 된다.

『fin』의 인물들이 (그들은 연극이라는 시공간 안팎의 인물들이자 그와 겹치듯 어긋나는 현실적 삶의 인물들, 동시에 소설 속 허구의 인물들인데) 입버릇처럼 되뇌는 이 상태와 본질이라는 말이 또한 그렇다. 상태가 본질의 끝이자 결과인 것도 아니고, 본질이 상태의 시작이자 원인인 것도 아니다. 본질은 언제나 찰나의 상태로서/써만 드러나고, 거꾸로 상태는 본질을 잠식하듯 규정하고 또한 규정하듯 흩뜨린다. 우리는 모두 연기처럼 연기한다. 우리는 연극처럼 끝나는 삶이란 없는 듯이 그렇게 살고, 연극처럼 시작되는 죽음이란 없는 듯이 그렇게 죽는다. 삶 속에서 매번 죽고, 그렇게 죽음 속에서 매번 다른 역할을 맡은 듯 다시 깨어난다. 그러나 삶을 가장한 연극으로부터 일상으로 귀환해 살 수 있는 삶이 따로 존재하지 않듯, 연극이라는 이름으로 비유되는 삶 역시, 마치 연극 안팎으로 오르고 내리는 막처럼, 그 시작과 끝이 따로 존재하지 않는다. 삶은 실패가 예정된 연극, 죽음마저도 그 끝이 될 수 없는 지난한 삶의 장막들이다.

기옥은 주인공이었고 그것을 즐길 줄 아는 배우의 역할에 몰입하려 했다. 그러나 기옥은 이미 실패하고 있었다. 이게 시작일까? 무엇의? 이 환호는, 이 커튼콜은, 금방 끝날 텐데. 막이 내릴 텐데. 이것은 시작이 아니라 끝일 텐데. 하지만 사람들이 알아차리지 못한다면 상관없다. 기옥의 눈에 눈물이 차올랐다. 기옥은 자연스레 눈가를 훔쳤다. 다들 기옥이 감격에 겨워 우는 줄 알 것이다. 그러면 되었다고 기옥은 생각했다. (11-12쪽)

다시 한번, 상태와 본질 사이의 구분, 본심과 가장 사이의 경계란 무엇인가. 그 안에 '본심'을 담는다고 말해지는 역설적인 역할 놀이 혹은 연극적 유희라는 삶의 '진심'은, 사실 배역, 가면, 장막, 경계가 지니고 있다고 여겨지는 본질, 곧 'nature'라는 말이 지닌 다양한 의미에서 바로 우리 유령적 존재의 실존적 부재라는 본질, 본성, 본심, 자연이 된다. 그것은 바로 본질, 본성, 본심, 자연 등 그 말 자체를 사용함과 동시에 역설적으로 사장되고 마는 어떤 흔적들에 대한 희뿌연 응시이자 헛된 되새김이 된다. 현상적으로 눈물이 차올라 시계가 흐려졌던 것은 분명하나, 동시에 그 희미한 풍경의 정체가 슬픔의 끝인지 기쁨의 시작인지 알 수 없는 채로 무대 위로 던져졌고 다시 그 무대로부터 내던져졌듯, 삶/연극의 상호 은유는 그렇게 던져짐Geworfenheit으로서의 존재가 상연되는 어떤 공허의 시공간이다. 이 무대는 피할 수 없다. 그러나 우리는 동시에 마치 죽음이 피할 수 있는 것인 듯 살아간다. 본질이란 어쩌면 상태의 물신fetish, 혹은 반대로 상태란 어쩌면 본질이라는 이름의 화폐인지도 모른다. 연극이라는 삶, 삶이라는 무대, 그 안팎에서 서로 교환되고 교통Verkehr되는 것은, 바로 이러한 삶의 '유령성'이라는 어떤 상태의 상상된 본질, 어떤 본질의 이질적 상태, 곧 이러한 존재의 '혼령성'이라는 연기의 본심, 다시 말해 본질이 곧 상태이고 본심이 곧 연기이며 자연이 곧 부자연인, 안개처럼 구분되지 않고 무화되기만 하는 우리의 무한한 유한성이다. 위수정이 말하는 종언fin이란 그래서 결코 끝나지 않는 시작의 형태인 바로 이 안개fog를 쫓으며 또 그 안개에 쫓기는 인물들 위에 가로놓인다. 안개는 가로막는 장애물이자 동시에 둘러싸는 공기이다. 안개는 그렇게 존재의 가능 조건인 부재의 불가능성 자체이다.

> 안개는 살아 있어. 안개를 조심해야 해. 그 안에 뭐가 있는지 자세히 보라고. 그렇지 않으면 너는 사라질 거야. 가만히. 사라지는 줄도 모른 채 스르륵, 없어져버린다. (111쪽)

그러므로 fin의 첫 번째 알파벳 f는 안개fog. 대단원fin 이후에도 끝나지 않는, 오히려 바로 그때에서야 겨우 시작되는, 지긋지긋하게 현실적이면서도 동시에 유령적인 희망을 머금게 하는 어떤 저주 같은 축복에 처한, 그 끝없는 안개의 장막이 삶의 무대에 서린다. 끝이 시작에 대비되면서도 뒤섞이듯, 때늦음은 때 이름과 서로 맞물리고, 늙음과 젊음은 거울을 가운데에 두고 서로 마주한다. 계급이 사라진 듯 보이는 세계 속에서 언제나 새로운 계급의 경계는 작동하고 있으며, 그렇게 구분된 위계 속 상층과 하층은 그 어떤 중층도 없이 서로 앓는 소리를 내고 동시에 그 소리 없는 앓음 혹은 앎을 실천한다. 알고도 모르는 척, 모르면서도 아는 척하는 저 인물들 사이에서 일어나는 앎의 게임은, 그래서 권력의 역할 놀이가 된다. 서로를 가족이라 부르기도 하지만, 동시에 가족만도 못한 관계가 노출되기도 하는 것이다. 그렇게 가족 없는 세계 속 가족 같은 일들이 일어났다 사라진다. 그래서 그 앓음을 가장한 앎의 본심이란 또한 연극 같은 삶, 삶 같은 연극의 저 유령과도 같은 자연이자 본질이 되는 것. 부재는 존재를 규정하고, 죽음은 삶을 보장한다. 기옥과 윤주, 태인과 상호의 관계뿐만 아니라 기옥과 태인 사이, 윤주와 상호 사이 또한 그러하다. 이는 단순히 삶의 욕구가 지닌 불가피한 가식의 가면 같은 것이 아니라, 되려 삶의 욕망이 지닌 필수적인 가능 조건의 얼굴 같은 것이다.

언제부턴가 이런 식으로 자신의 내부에서 서로 다른 욕망이 충돌하는 모습을 윤주는 가만히 지켜보았다. 오줌을 참는 기분. 윤주는 자신을 기다리는 기옥의 마음을 느끼며 옆 좌석에 둔 케이크 상자를 집어 들었다. 가져가서 기옥과 함께 먹을까? 좋아하는 기옥의 얼굴이 떠올랐다. 하지만 윤주는 상자를 열어 케이크를 끄집어냈다. 동봉된 플라스틱 칼로 케이크를 잘랐다. 포크가 없어 칼 위에 케이크를 올려 먹다가 받침을 들어 통째로 케이크를 베어 물었다. 코에 크림이 묻었다. 진하고 달콤한 맛. 윤주는 케이크를 입안에 가득 밀어 넣고 꾹꾹 씹어 삼켰다. 어릴 때에도 이런 식으로 뭘 먹어본 적은 없었다. 매끈하고 단정한 모양의 케이크를, 마치 예의라는 것을 배우기 이전의 아이처럼, 굶주린 개처럼, 마구 씹어 삼키는 자신이 혐오스러운 동시에 만족스러웠다. 윤주는 손가락으로 케이크를 긁어 입에 쑤셔 넣었다. 고급스럽고 섬세했던 케이크는 쉽게 찌그러지고 부서졌다. 처음의 모습은 금방 사라지고 엉망이 되었다. 망가지는 건 한순간이지. 한순간이야. 그게 뭐든.
(72-73쪽)

그러므로 fin의 두 번째 알파벳 i는 내부interior

이자 '나'라는 1인칭의 환상과 실제. 그 내부의 공간은, 기옥의 거처, 태인의 집과 별장, 윤주와 상호 각각의 자동차 내부와 그들이 서로 겹치며 등장하는 내적 무대 등으로 변주되고 변형되며 변성한다. 예를 들어, 기옥과 윤주 사이에서 침대라는 공간의 순간적인 수평적 공유는 태인과 상호 사이의 가깝고도 먼 수직적 관계와 겹치며, 서로 죽이고 싶은 동시에 각자 죽고 싶은 본심을 포근히 덮는 이불, 부드럽게 받치는 베개 같은 장막으로 기능한다. 또한 윤주가 기옥의 반지 하나를 몰래 자신의 손가락에 끼우며 그저 반지 '하나'라고 말할 때, 우리가 단지 하나의 본심, 유일한 본성으로 전제했던 저 '나'의 내부적 공간은 그 자체로 균열하며, '하나'라는 이름으로 마치 유일한 것으로 상정됐던 주체의 부재를 그 존재 자체로 증명한다. 그렇게 내부는 언제나 '하나'여야 했겠으나, 사실 우리는 언제나 바로 그 하나의 '여러' 유령들, 단수單數라는 이름의 복수複數, 곧 무엇을 향한 복수復讐인지도 모르고 복수를 행하는 분열되는 혼령들일 뿐이다. 이는 연기이자 연기가 아니다. 거짓을 연기하는 것이 아니라, 그 거짓 자체가 본심이라는 '하나'의 '여러' 진실이자 본질의 상태인 것.

> 연기 아니라고. 그거, 내 마음이라고 생각해. 본심이라고. 적어도 연기할 때는. (……) 상호는 그런 태인을 보며 묻고 싶은 게 있었다. 본질과 본심은 다른 건가요? (116쪽)

그러므로 fin의 세 번째 알파벳 n은 그러한 자연 혹은 본성nature. 본질-본성-본심-자연의 존재론적 연결고리라는 '생태'가 무너지는 곳, 바로 그곳에 우리 존재의 '유령성'이라는 진리가 도사리고 있다. 탄탄한 삶의 질서가 존재하다가 우연히 붕괴의 수순을 밟게 되는 것이 아니라, 저 본질과 본심의 상태 자체가 붕괴라는 과정을 자신의 본성이자 자연으로 품고 있는 것. 속해 있지 않은 곳에 속해 있다는 불편한 진실과 불쾌한 의식, 이는 다시 근본적으로 칸트적 유령을 소환하는 의식, 곧 칸트적 이성의 이면이 출몰하는 장소이다. 그러나 동시에 그렇게 시작된 물음은 그 끝을 애도하지 못한 채 계속되는 우울의 재시작을 목도한다. 끝과 시작의 경계 혹은 처음과 마지막 사이의 변증법은 바로 이 '자연'을 둘러싸고 벌어지는 일종의 가면극, 그러나 본래의 자연적 얼굴이 따로 있는 것이 아니라 바로 그 가면 자체가 본심이자 본성의 얼굴인 그런 연극의 삶이 된다. 그러므로 '자연'이란 가장 '인공적'인 말, '얼굴'이란 가장 '가면적'인 말이 되며, 이는 본질이 왜곡되는 것이 아니라 본질이라는 말 자체가 왜곡을 그 본성으로 갖고 있다는 점을 드러낸다. 그것은 하나가 아닌 여럿이다.

그런데 왜 나는 굳이 하나만 고르려고 애썼을까. 팔찌와 반지 둘 다 가져도 별문제 없었을 텐데. 뒤늦은 깨달음이 찾아왔지만 윤주는 여러 개를 고를 수 있는 삶을 알지 못했다. (90쪽)

배우들은 연기에 몰입하면 그 인물처럼 행동하고 생각한다고 했다. 그래서 작품 하나가 끝나면 다시 자신의 몸을 찾는 데 시간이 오래 걸리기도

한댔지. 그건 좋은 걸까. 여러 몸으로 살아가는 것. (117쪽)

그러므로 fin을 이루고 있지 않은 또 하나의 보이지 않는 기호, 그것은 마침표(.). 게다가 그 마침표란 '여러 개로, 여러 몸을 골라 살 수 있는 삶' 그 자체에 보이지 않게 따라붙는 종결의 기호이자 시작의 표식이다. 끝은 가시적인 마침표로 마무리되는 것이 아니라 오히려 보이지 않는 그 종점을 통해 겨우 시작된다. 막은 내렸고 이제 시작되었으나, 사실 막은 올랐고 그 어떤 것도 시작되지 않은 채 끝났다. 나는 그렇게 이 시작의 끝, 끝의 시작에 하나의 마침표를 놓는다, 여럿의 종결부를 찍는다. 마치지 않는 마침표, 그 마침에서 다시 여럿의 출발로 이어지는 기이한 삶-죽음의 정식/증식. 비가시적인 것의 가시성, 들리지 않는 것의 우연적 필연, 분수에 맞게 배분되었다고 말하는 감각의 분배 속에서 더욱 전염되고 창궐하는 불화와 떨림의 계기들. 안개는 (하나가 아닌) 두 명이었다.* 그러나 안개는 또한 '하나'의 자연이었다. 기옥과 태인과 윤주와 상호는 불타버린 하나의 공간에서 엉겨 붙어 '하나'가 된 듯 보이는 '여럿'의 시신으로, 복수의 혼령으로, 막이 내려 끝난 듯 보이는 '하나'의 무대 위로 다시 아무도 '시령'하지 않는 시간에 던져져, 그 모두가 '여럿'으로 다시 시작된다. 그것이 바로 저 마침표의 결코 마쳐지지 않는 하나의/

---

* 위수정, 「안개는 두 명」, 『은의 세계』, 문학동네, 2022, 46쪽 : "우리에겐 없는 걸 보는 게 좋아." 이렇듯 우리는 언제나 우리에겐 없는 것들을 바라는 부재의 존재들, 그런 의미에서 위수정의 소설 속 인물들은 언제나 그 허상을 좇지만 동시에 바로 그것이 허상임을 알고 있고 그럼에도 불구하고 그 허상의 실제를 좇고 또 그것에 쫓기는 이들, 혹은 그 실제의 허상에 중독되듯 재활하는 유령들이다. 이는 또한 다음과 같이 '우리에게 없는' 또 다른 이야기 속에서 변주되듯 증식한다 : "_은선아, 우리는 이미 몸을 너무 많이 쓴 걸까. 그래서 이런 걸까. 폐허인가. 그곳에는 지금 눈이 내리니? 모든 것을 평등하게 만드는 눈이? 그러나 여기에 그런 눈은 내리지 않을 것이다. 창문을 열어볼 필요도 없지. 손을 대는 순간 모두 사라져버리는 것들."(위수정, 「우리에게 없는 밤」, 『우리에게 없는 밤』, 158쪽) 손을 대는 순간 '눈 녹듯이' 사라지는 눈처럼, 그들은 우리 모두가 그렇게 폐허이자 유령임을 이미 아주 잘 알고 있다. 그 앞에 또한 앓음이 있고, 이런 앓음 위에 있지 않은 앎이란 없다. 그럼에도/그렇다면 이 모든 쓰기란 무엇인가, 그럼에도/그렇기에 이 모든 인물들의 존재란, 그 행위란, 그 무위와 부재란, 그리하여/그럼에도 그들이 끝도 없이 끝내며 시작하지도 못한 채 시작되게 만드는 어떤 것, 이것의 이름 없는 이름이 또한 저 '우리에게 없는' 존재의 부재, 그 유령의 존재이자 그 실제의 부재를 가리키고 있는 문학적 이름의 모습 없는 모습이 아니겠는가. 나는 또한 이 점이 위수정 소설들의 본질 없는 요체, 중심 없는 공허의 얼굴이라고 생각해오고 있다.

여럿의 의미일 것. 그러므로 이 단수이자 복수의 몸들은 나선형의 역설로 만들어진 이중부정이라는 언어를 가질 수밖에 없는 것이다.

    이것은 운명도 뭣도 아니다. 행운도 불행도 아니다. 아무것도 아니기에 누구를 탓할 수 없다. 그게 무엇이든 아주 작은 먼지에 불과하다. 이제 그것을 알게 되었다고 말하고 싶었는데, 아무도 보이지 않았고 나는 홀로 남았다. 마땅하다고 생각한다.
    나는 내가 타오르는 소리를 생생하게 들을 수 있다. 그것은 비명이자 환호. (143쪽)

이렇듯 위수정의 소설들에는 강박적으로 반복되는 것, 반복적으로 강박이 되는 것이 존재한다. 그것은 일단은 기억이지만, 그 기억이란 기억하기 위한 기억이 아닌, 그 기억 자체를 의심하는 기억이다. 그렇게 기억하는데, 정말 그랬던가, 그런 적이 있었던가, 인물들은 일견 불필요해 보이는 질문들을 끈질기게 반복한다. 그렇게 언제나 기억은 반문한다. 그런 기억 자체가 있었을까 하고, 지나가는 말을 가장하여 끝끝내 물고 늘어진다. 굳이 기억의 불확실성을 한 번 더 확인 사살하는 소설적 정의는 무엇일까, 그것이 정의定義이든, 정의正義이든 간에. 나는 이 끝없는 물음들이 또한 위수정 문학 속에서 '생각했다'라는 일견 무심한 어미로 끝나곤 하는 저 모든 숨겨진/드러난 문장들이 지닌 유령이자 본심이라고 생각한다. 이중으로 부정된, 둘처럼 보이는 하나의 언어는, 바로 그것이 부정된 자리에서 실은 그 하나가 둘 모두였음을, 그 가장 멀고도 가까운 진실을, 피할 수 없이 드러낸다.

추한 말과 행동은 쉽게 그 사람의 본심으로 인정받는다. 그렇다. 나의 본심과 가장 먼 것들이 어쩌면 나의 진실일지도 모르겠다. 말과 행동이 나를 바꾸어버렸다. 말과 행동이 나를 다른 사람으로 만드는 모습을 바라보았다. (140쪽)

하여 저 모든 기억과 망각 사이에서, 그 길 잃은 기억과 불안정한 의식 속에서, 온전한 애도는 온전히 불가능하다. 그러나 우리 존재-유령이 겪는 밤으로의 긴 여로, 그가 걷는 어둠으로의 긴 터널은, 헛되게도, 그러나 또한 그 헛됨이 아름답게도, 이 불가능한 애도를 계속해서 반복할 것이다. 데리다Derrida의 말처럼 "유령들, 그들은 언제나 **여기에/거기에**(là) 있다. 비록 존재하지 않더라도, 비록 더 이상(plus) 있지 않더라도, 비록 아직(encore) 있지 않더라도."* 그리고 우리는 여기서 위수정의 다른 소설 「집」에서 반복되었던 공간 구분의 추상 어법, 곧 "여기"와 "거기"라는 '집'의 역

---

* Jacques Derrida, *Spectres de Marx*, Éditions du Seuil, 2024(édition augmentée), p. 274.
** 위수정, 「집」, 『우리에게 없는 밤』, 326쪽 : "추위와 고통을 잊고, 한참 가만히 가라앉으면 거기에 비로소 나의 집이 있다. 물고기와 해초와 바위 들 사이에 있는 나의 집. 거기에는 김치찌개도 상한 우유도 없다. 곰팡이도 부모도 없다. 냄새도 날씨도 없이 나는 집에서 조곤조곤 대화를 나눌 것이다. 나와 같은 말을 쓰는 당신과 함께. 집이란 그런 곳이니까. 춥지도 덥지도 않고 다만 우리는 포근하다고 느낄 뿐이다. 서로를 끌어안고. 꿈이 없는 잠 속으로. 어두워도 충만하여 빛을 원할 필요도 없이." 여기가 되는 거기, 거기와 다르지 않은 여기, 바로 이 경계도 구획도 없는 공간과 더불어, 다시 한번 위수정 소설 속 이 이중부정의 어법은 그 자체로 '집'이라는 낯선 친숙함unheimlich의 본질이자 상태, 곧 본질 없는 상태와 상태 잃은 본질을 가리키고 있다. 나는 이 '집'의 또 다른 이름이 'fin'일 것이라 짐작한다, 확신도 의심도 없이, 유보도 암시도 없이.

전된 내부와 외부를 떠올리게 된다.** 하여 "여러 몸으로 살아가는 것"(117쪽)을 알지 못하는 존재는 그럼에도 여러 유령을 지으면서 살고 죽으며 "한 치 앞을 예감"(142쪽)하는 듯 한 치 앞도 보지 못하는 안개 속에서, 시작의 끝이 아니라 끝의 시작인 이 연극을, 불가능한 애도 속에서 바로 그 유령을 붙잡듯, 불타버리듯 끝나버린 존재를 재로 남아 비로소 시작하는 부재로 포착할 것이다. 그것은 또한 우리 부재의 같은 '집'이자 우리 존재의 다른 '밖'일 것이다.

눈이 내렸으면 좋겠는데. 기옥이 하늘을 올려다보며 말했다. 나머지 둘도 기옥을 따라 하늘을 올려다보았다. 눈은 안 올 거예요. 연출이 절망스러운 듯 말했다. 기옥은 다른 이야기를 나눠야 한다고 생각했다. 좀 더 할 얘기가 남아 있다고. 아니, 어쩌면 이야기는 이제부터 시작되는 거라고. 하지만 더 이상 말하고 싶지 않았다. 적절한 말이 떠오르지도 않았다. 시작도 하지 않았는데 탈진한 기분. (43쪽)

이렇듯 역설적인 부재로서의 유령이자 육신, 몸과 빛의 존재, 인간이란 무엇인가, 혹은, 이를 내 방식대로 바꿔 묻자면, 인간은 무엇이 아닌 존재이며 또한 무엇인 부재인가. 아마도 이 질문이 위수정 문학의 핵심적 공허, 그 본질 없는 본질일 것이다.* 이 물음은 일견 흔한 듯하지만, 현재의 문학에서 매우 드물고 고귀한 것이라 믿는다. 그 공허는 언제나 우리에게 그렇게 열려 있었고 지금도 열려 있으며 앞으로도 열려 있을 것이다. 우리는

---

* 위수정, 「몸과 빛」, 『우리에게 없는 밤』, 350쪽 : "나는 안도했다. 인간이란 뭘까. 아니, 도대체 귀신이란." 나는 이 고쳐진 물음, 곧 인간을 묻고 바로 이어 이 앞의 물음을 부정하며 귀신을 묻는 뒤의 물음, 이 앞과 뒤 모두가 위수정 문학이 항상 우리를 길 없는 길을 통해 인도하는 저 핵심적 공허의 검은 구멍이자 하얀 얼굴이라고 생각한다. 이어 그 인간이자 귀신은 또한 이렇게 읊조린다 : "나는 아무것도 만질 수 없었다. 그것이 말할 수 없이 쓸쓸했다. 말할 수 없이. (……) 나는 만지고 싶었다. 몸을 섞고 피부와 체온을 느끼고 싶었다. 그러나 나에게는 몸이 없었다. (……) 죽음을 이해했다. 내가 마지막으로 발음할 단어를 이해했다. 잊고 싶지 않았다. 살고 싶었다."(위수정, 「몸과 빛」, 『우리에게 없는 밤』, 356-357쪽) 그렇기에 이 몸 없는 몸의 '귀신'을 부르는 이름이 또한 바로 '인간'이 아니겠는가, 그래서 다시 한번 인간이란 유령이 아니겠는가. 그리고 그 인간은 귀신처럼 잊히지 않고 싶어 하는 존재, 잊고 싶어 하지도 않는 부재이다. 그러나 또한 그는 알고 있다. 망각이라는 죽음의 현실이야말로 바로 기억이라는 삶의 환상을 살게 해주는 바로 그 귀신과 유령의 부재 같은 존재론이라는 사실을.

그 구멍을 언제나 닫을 수 있을 것처럼 외면하면서도 동시에 순간마다 그 열림을 응시하고 있다. 그 공허 또한 끝없이 여닫히는 우리를 그렇게 응시하고 있듯이. 우리가 그 공허를 깊이 들여다볼 때, 공허 역시도 우리를 그만큼 깊이 들여다본다는 사실, 이러한 사태의 처음과 끝을 처음도 끝도 없이 기록하고 증언하는 일이 문학이 '아니라면' 무엇인가.

그렇게 유령으로서의 인간, 몸으로서의 공허는, 기원도 종말도 없이, 본질도 상태도 없이, 기억도 망각도 없이, 시작했다고 생각하는 순간 끝나고, 끝났다고 느끼는 순간 다시 시작된다. 천국도 지옥도 아닌 끝없는 연옥의 계속되는 시작들. 입구에서부터 이미 조제되는 출구의 약, 마지막에 이르러서야 온몸에 퍼져나가는 처음의 독. 나는 위수정의 문학과 함께 바로 그 연옥에 있을 것이다, 문학이 '아니라면' 있을 수 없을 순간들과 함께, 순간들이 '아니라면' 있을 수 없을 영원과 함께, 영원이라는 이름으로 사라지는 모든 순간적인 것들과 함께, 그렇게 '아니라면(if n)'의 '끝(fin)'과 함께

'시작'하면서, 관찰 없이 응시하고, 감상 없이 청취하며, 인지 없이 감각하고, 체류 없이 잔존할 것이다. 존재 없이 존재할 것이다, 부재하듯 현현할 것이다, 마치 유령처럼, 아니, 인간처럼, 그러니까 우리에게 여전히 없으나 끝끝내 있게 되는 저 모든 것들처럼.

작가의 말

 희곡 작가가 되고 싶었던 적이 있다. 셰익스피어를 좋아했다가 테네시 윌리엄스와 유진 오닐에게 마음이 갔던 시절이었다. 그리고 베케트와 콜테스가 있었고, 마틴 맥도나를 발견했을 때에는 가슴이 두근거렸는데……. 벌써 오래전 기억이다.
 소설을 쓰기 시작하면서 배우 이야기를 한 번쯤은 써야겠다고 생각해왔다. 이 작품을 쓰기 위해 오랫동안 책장에 꽂아둔 희곡들을 꺼내어 읽었다. 여전히 매력적이며 비극적인 인물들이 거기에 살고 있었다. 하지만 예전에 읽었을 때처럼 괴롭지는 않았다. 아마 나의 몸과 마음이 달라졌기 때문일 테지만 그렇다고 내가 완전히 다른 사람이 되었다고는 생각하지 않는다. 요즘에는 그런 간극이나 변화를 바라보는 것이 흥미롭다.

삶이 결국 거대한 연극이라는 뻔한 이야기를 하려고 했던 건 아니었는데, 생각해보면 삶이 거대한 연극이라는 말에 반감이 있는 것도 아니다. 각자가 맡은 역할을 충실하게 살아내는 것이 결국 생활일 테니까. 문제는 내게 주어진 여러 역할과 또 다른 '나' 사이의 괴리감이 느껴지는 그 시간들이다. 가끔은 그 역할들을 내려놓는 순간에조차 그것을 내려놓는 역할극을 하고 있는 건 아닌가, 공허해질 때도 있다. 이런 생각 없이 자연스럽게 살아가는, 자신이나 세계에 대한 의심이 없는 이들이 부러우면서도 두렵다. 나도 그런 삶을 살고 싶을 때가 있지만, 그래서 결핍이나 잉여를 모르고 싶을 때도 있지만, 그래서는 안 되겠지.

소설 안에서 배우들이 하는 대사는 민음사에서 출간된 『밤으로의 긴 여로』를 참고했다. 태인이 마지막에 차 안에서 하는 대사는 「맥베스」의 독백을 변형한 것이다.

『현대문학』에 처음 실었던 때보다 글의 분량이 꽤 늘었다. 단행본으로 출간하기 위해 퇴고를 하면서 거의 다른 작품이 되었다고 생각했는데 다 쓰고 보니 그렇지도 않다. 처음 몸에서 완전히 다른 몸이 될 수는 없는 것 같다.

소설을 쓰는 일은 즐거움보다는 괴로움이 크다. 그래도 쓰지 못하는 시간에 비하면 그 괴로움은 달콤한 것에 속한다. 나의 소중한 친구가 말하길, 작가는 매일 쓰는 사람이라고 한다. 매일 쓰다 보면 좋은 글도 쓸 수 있지 않을까, 하는 희망을 가져본다. 희망은 쓰고도 달콤해서 놓치고 싶지 않다.

이 작품을 쓰면서 괴로움을 토로할 때 여러모로 응원해주신 『현대문학』 윤희영 선생님과 가족들, 깊은 시선으로 작품의 해설을 써주신 최정우 선생님께 감사의 마음을 전합니다.

fin

지은이 위수정
펴낸이 김영정

초판 1쇄 펴낸날 2025년 10월 25일

펴낸곳 (주)현대문학
등록번호 제1-452호
주소 06532 서울시 서초구 신반포로 321(잠원동, 미래엔)
전화 02-2017-0280
팩스 02-516-5433
홈페이지 www.hdmh.co.kr

ⓒ 2025, 위수정

ISBN 979-11-6790-330-3 04810
　　　978-89-7275-889-1 (세트)

* 책값은 뒤표지에 있습니다.

현대문학 핀 시리즈 소설선

001	편혜영	죽은 자로 하여금
002	박형서	당신의 노후
003	김경욱	거울 보는 남자
004	윤성희	첫 문장
005	이기호	목양면 방화 사건 전말기—욥기 43장
006	정이현	알지 못하는 모든 신들에게
007	정용준	유령
008	김금희	나의 사랑, 매기
009	김성중	이슬라
010	손보미	우연의 신
011	백수린	친애하고, 친애하는
012	최은미	어제는 봄
013	김인숙	벚꽃의 우주
014	이혜경	기억의 습지
015	임철우	돌담에 속삭이는
016	최 윤	파랑대문
017	이승우	캉탕
018	하성란	크리스마스캐럴
019	임 현	당신과 다른 나
020	정지돈	야간 경비원의 일기
021	박민정	서독 이모
022	최정화	메모리 익스체인지
023	김엄지	폭죽무덤
024	김혜진	불과 나의 자서전
025	이영도	시하와 칸타의 장—마트 이야기
026	듀 나	아르카디아에도 나는 있었다
027	조 현	나, 이페머러의 수호자
028	백민석	플라스틱맨
029	김희선	죽음이 너희를 갈라놓을 때까지
030	최제훈	단지 살인마
031	정소현	가해자들
032	서유미	우리가 잃어버린 것
033	최진영	내가 되는 꿈
034	구병모	바늘과 가죽의 시詩
035	김미월	일주일의 세계
036	윤고은	도서관 런웨이